제1호 수문

SIMENON

제1호 수문

SIMENON
Maigret

조르주 심농 · 이상해 옮김

매그레 시리즈 18

이 책은 실로 꿰매는 정통적인 사철 방식으로 만들어졌습니다.
사철 방식으로 만든 책은 오랫동안 보관해도 손상되지 않습니다.

1

물속에서 유영하는 물고기를 관찰해 보면 물고기가 별이유 없이 한동안 꼼짝 않고 있다가, 어느 순간 지느러미를 하늘거려 조금 앞으로 가서는 또다시 그렇게 가만히 있는 것을 보게 된다.

바스티유와 크레테유를 오가는 13번 전차의 막차 역시 그렇게 평온하게, 별 이유 없는 것처럼 카리에르 강둑을 따라 누런 불빛을 끌고 달려왔다. 전차는 한 도로 모퉁이, 녹색 가스등 근처에서 멈춰 서는 듯했다. 하지만 차장이 종을 흔들어 댔고, 전차는 멈추지 않고 정류장을 지나쳐 샤랑통을 향해 달려갔다.

전차가 지나가자, 강둑은 텅 비었고 강바닥 풍경처럼 정체되었다. 오른쪽의 수로에는 바지선들이 떠 있었고, 그 주변으로 물에 비친 달그림자가 넓게 퍼져 어른거렸다. 물 한 줄기가 꼭 닫히지 않은 수문 틈으로 졸졸 흘러

내렸다. 그것은 호수보다 더 고요하고 깊은 하늘 아래에 서 들려오는 유일한 소리였다.

도로를 사이에 두고 마주 보는 주점 두 곳에 불이 켜져 있었다. 한 곳에서는 사내 다섯이 카드를 치고 있었다. 한 가하게, 아무 말 없이. 그중 셋은 선원이나 물길 안내인 모자를 쓰고 있었고, 함께 카드를 치는 주인장은 셔츠 바람이었다.

다른 주점에서는 카드놀이를 하지 않았다. 손님이 셋밖에 없었는데, 한 테이블에 둘러앉아 앞에 놓인 작은 화주 잔만 멍하니 바라보고 있었다. 불빛은 흐릿했고 졸린 분위기였다. 시커먼 콧수염에 푸른색 스웨터를 입은 주인장은 이따금 하품을 하고는 팔을 뻗어 술잔을 집었다.

주점 주인 맞은편에 바싹 마른 건초처럼 누렇고 뻣뻣한 털로 뒤덮인 키 작은 남자가 앉아 있었다. 그는 슬퍼 보였다. 아니면 넋이 빠졌거나 취했는지도……. 그의 맑은 눈동자는 흐린 물속을 헤엄치고 있었다. 선원인 듯한 옆 사람이 멍한 눈길로 바깥의 어둠을 훑는 동안, 그는 혼자 속으로 되새기는 생각에 동의라도 하듯 가끔씩 고개를 끄덕이곤 했다.

시간이 달아나고 있었다. 아무 소리도, 시계가 똑딱거리는 소리조차 들려오지 않았다. 그 주점 너머로 손바닥만 한 정원으로 둘러싸인 작은 집들이 줄지어 서 있었지만 등은 모두 꺼져 있었다. 8번지에는 이미 많이 낡고 연기로 검게 그을린, 높이에 비해 바닥이 너무 좁은 7층짜리 건물 한 채만 덩그러니 서 있었다. 2층 덧창을 통해 빛이 약간 새어 나왔고, 덧창이 없는 3층에서는 베이지색 블라인드가 빛의 장방형을 형성했다.

그 앞 수로 가에는 돌과 모래 더미, 기중기 하나, 빈 화차들이 줄지어 서 있었다.

그런데 음악 소리가 허공을 떠다녔다. 어디서 들려오는 것일까? 8번지 건물 너머, 두 건물 사이 쑥 들어간 곳에 있는, 〈댄스홀〉이라고 적힌 목조 가건물에서 들려오는 소리였다.

춤을 추는 사람은 없었다. 신문을 읽다가 가끔씩 일어나 자동 피아노에 5수짜리 동전을 넣는 뚱뚱한 여주인 말고는 아무도 없었다.

누군가가, 혹은 뭔가가 움직여야만 했다. 결국 움직인 것은 오른쪽 주점에서 술을 마시던 털 많은 선원이었다. 그가 힘겹게 일어나 테이블에 놓인 잔들을 바라보며 속셈을 하고는 호주머니를 뒤졌다. 그는 잔돈을 세어 매끄러운 나무 테이블 위에 올려놓고, 모자 가장자리를 살짝 집어 인사를 한 뒤 문을 향해 비틀거리며 걸어갔다.

남은 두 사람이 마주 쳐다봤다. 주점 주인이 눈을 찡긋했다. 노인의 손이 허공에서 머뭇거리다 문을 밀었고, 노인은 문을 닫기 위해 돌아서다 잠시 비틀거렸다.

그의 발소리는 군데군데 파인 포석 위를 걷는 것처럼 불규칙했다. 그는 망설이는 건지, 아니면 몸의 균형을 잡는 건지 서너 걸음 걷다가 멈춰 서곤 했다. 수로 근처에 도착한 그가 난간에 부딪히는가 싶더니, 돌층계를 통해 하역 부두로 내려갔다.

달빛을 받아 배들의 윤곽이 또렷하게 그려졌다. 배의 이름이 대낮처럼 훤히 보였다. 선교로 사용되는 널빤지 하나로 부두와 이어진 가장 가까운 배는 〈투아종 도르〉호였다. 그 너머와 좌우에도 배들이 줄줄이 정박해 있었는데, 적어도 다섯 열은 되어 보였다. 어떤 배들은 하역을 기다리며 기중기 근처에서 배를 벌리고 있었고, 어떤 배들은 날이 밝자마자 일착으로 들어갈 요량으로 벌써 갑문에 코를 처박고 있었으며, 또 아무 쓸모 없어 보이는 몇몇 배들은 무슨 이유인지 정박지에 남아 있었다.

그 부동의 세계 속에서 움직이는 건 노인뿐이었다. 그가 딸꾹질을 하고는 체중을 싣자마자 휘어지는 널빤지를 건너가기 시작했다. 널빤지 중간쯤에 도달해서는 주점 쪽을 살피려는 듯 갑자기 돌아봤다. 그러다가 균형을 잃더니 비틀거리더니 결국 물에 빠져 한 손으로 널빤지를 잡고 매달렸다.

그는 비명을 지르지 않았다. 욕설조차 내뱉지 않았다.

잠시 첨벙대는 소리가 들리는가 싶더니, 노인이 거의 몸부림을 치지 않아 그 소리마저 점점 잦아들었다. 그는 깊이 생각해 봐야 할 게 있는 것처럼 이마를 잔뜩 찌푸린 채 두 손으로 널빤지를 잡고 그 위로 올라가려고 용을 써댔다. 매번 실패했지만 시선을 고정하고 숨을 몰아쉬며 계속 다시 시도했다.

강둑 위, 돌담에 기대서 있던 연인 한 쌍이 움직임을 멈추고 숨죽이며 귀를 기울였다. 샤랑통 쪽에서 자동차 한 대가 커브를 틀었다.

바로 그때, 갑자기 처절한 비명, 여태 들어본 적 없는 절규가 밤의 고요를 찢어 놓았다.

물속에서 기겁해 목이 찢어져라 비명을 질러 대는 것은 바로 그 노인이었다. 그는 더 이상 차분하게 널빤지 위로 올라가려고 시도하지 않았다. 무분별한 발길질로 주변의 물을 부글부글 끓어오르게 하며 꼭 미친 사람처럼 몸부림을 쳐댔다.

주변에서 다른 소리들이 들려왔다. 바지선 한 척에서 인기척이 들리더니, 잠에 취한 여자 목소리가 말했다.

「당신이 좀 나가 볼래요?」

저 위, 강둑에서 문들이 열렸다, 두 주점의 문이. 돌담에 기대서 있던 연인이 서로에게서 떨어졌다. 남자가 여자에게 말했다.

「어서 돌아가!」

그는 머뭇거리며 몇 걸음 내딛더니 큰소리로 외쳤다.

「어디요?」

남자가 위치를 파악하느라 비명 소리에 귀를 기울였다. 다른 목소리들이 다가왔다. 사람들이 난간에 몸을 기대고 아래쪽을 내려다봤다.

「무슨 일이에요?」

남자가 뛰어가며 대답했다.

「아직은 잘 모르겠어요. 저쪽…… 물속에…….」

함께 있던 여자는 감히 나오지도 물러서지도 못한 채 두 손을 모아 잡고 제자리에 서 있었다.

「저기 보여요! 빨리들 와요……!」

비명이 점점 약해지면서 무시무시한 헐떡거림으로 변해 갔다. 남자는 널빤지를 움켜쥐고 있는 두 손과 물 밖으로 솟아오른 머리를 보았다. 하지만 어찌해야 할지 몰라 계속 강둑 층계 쪽을 돌아보며 이렇게 외쳐 대기만 했다.

「빨리들 와요!」

누군가 크게 동요하지 않은 목소리로 말했다.

「가생 영감이야!」

달려온 사람은 일곱이었다. 한쪽 주점에서 다섯, 그리고 다른 쪽 주점에서 둘.

「앞으로 좀 더 나와. 자네가 한쪽 팔을 잡아, 난 다른

쪽 팔을…….」

「널빤지 조심해!」

널빤지가 무게를 감당 못 해 금방이라도 부러질 듯 휘었다. 바지선 승강구에서 밝은색 머리카락이, 뒤이어 허연 형체가 나오는 게 보였다.

「꽉 잡았어?」

노인은 이제 비명을 지르지 않았다. 정신을 잃지는 않은 것 같았다. 그는 자신에게 무슨 일이 벌어진 건지 이해하지 못한 채, 구해 주고 있는 사람들의 힘을 덜려고 애쓰지도 않고, 넋 나간 사람처럼 앞만 멀뚱히 쳐다보고 있었다.

사람들이 그를 물 밖으로 꺼냈다. 그가 축 처져 있어서 둑 경사면까지 끌어내야만 했다.

희끗한 형체가 갑판 위에서 다가왔다. 맨발에 긴 잠옷을 걸친 젊은 처녀였다. 그녀를 감싸는 달의 후광 때문에 잠옷 속 알몸의 곡선이 훤히 비쳤다. 이제 다시 잠잠해지는 수면을 바라보고 있는 것은 그녀뿐이었다. 이번에는 그녀가 비명을 내지르며 해파리처럼 물컹물컹하고 희끄무레한 뭔가를 가리켰다.

노인을 돌보던 사람 중 둘이 돌아보았다. 검은 물 위에 떠 있는 허연 얼룩을 봤을 때, 그들은 전율이 목덜미를 훑고 지나가는 느낌을 받았다.

「여보게들…… 저기…….」

사람들이 일제히 돌아보았다. 순간 그들은 물을 토하며 포석 위에 널브러져 있는 노인은 까맣게 잊었다.

「갈고리 장대 갖고 와!」

갑판 위에서 갈고리 장대를 집어 그들에게 건넨 건 바지선의 젊은 처녀였다. 그들은 이제 같은 사람들이 아니었다. 분위기도, 밤의 기온조차도 달라졌다! 사람들이 내뱉는 허연 입김에 갑자기 날이 더 추워진 것처럼 느껴졌다.

「걸었어?」

널빤지에 배를 깔고 누운 남자가 장대 갈고리로 옷자락을 걸어 보려고 애썼지만, 그럴 때마다 그 형태 없는 덩어리는 밀려갔다가 다시 떠밀려 오기를 반복했다.

어둠 속에 떠 있는 바지선들 위에서 잠자코 서서 구경하는 사람들의 모습이 어렴풋이 보였다.

「걸렸어…….」

「천천히 당겨…….」

강둑에 널브러진 노인의 몸에서 물이 빠지는 동안, 그들은 더 뚱뚱하고, 무겁고, 축 늘어진 또 한 사람을 건져냈다. 예인선 선원 하나가 멀리서 큰 소리로 물었다.

「죽었어?」

잠옷 차림의 처녀는 사람들이 그를 먼저 건져 올린 노인에게서 1미터 정도 떨어진 곳에 눕히는 것을 쳐다보고

있었다. 그녀는 무슨 일이 벌어진 건지 이해하지 못하는
것 같았다. 금방이라도 울음을 터뜨릴 듯 입술이 부들부
들 떨렸다.

「맙소사…… 미밀이야!」

「뒤크로!」

늘어져 있는 두 사람을 둘러싼 사람들, 그들은 이제 눈
길을 어디다 둬야 할지 몰랐다. 그들은 불안에 사로잡혀
있었다. 뭔가를 하긴 해야겠는데, 두려워서 엄두가 안 나
는 눈치였다.

「빨리…….」

「그래. 내가 가지…….」

누군가가 수문을 향해 달려갔다. 사람들은 그가 두 주
먹으로 수문지기 집 문을 마구 두들기며 외치는 소리를
들었다.

「급해요! 인공호흡기! 에밀 뒤크로예요!」

에밀 뒤크로래……. 에밀 뒤크로래……. 미밀이라
고……? 뒤크로래……. 바지선에서 바지선으로 말이 건
너다녔다. 주점 주인이 에밀 뒤크로의 팔을 들어 올렸다
내리기를 반복하는 동안, 사람들이 선교를 건너 하나둘
씩 모여들었다.

그들은 노인을 까맣게 잊고 있었다. 툭툭 건드리고 지
나가는 다리들 틈에서 어느새 몸을 일으킨 노인이 어리

둥절한 표정으로 사방을 두리번거리는 것조차 알아차리지 못했다.

수문지기가 달려왔다. 순경을 데려오던 한 사내가 허둥대다 강둑 층계에서 굴렀다.

8번지 건물 3층에서 창 하나가 열렸고, 분홍 비단 전등갓에 비친 불빛 때문에 마치 분홍색 옷을 입은 것처럼 보이는 여자가 내려다봤다.

「죽었어?」 누군가 속삭였다.

아무도 알지 못했다. 알 수가 없었다. 수문지기가 호흡 펌프를 설치했고, 사람들은 기계 장치의 규칙적인 소리를 들었다.

말을 더듬고, 소리 죽여 명령을 내리고, 자갈을 밟으며 신발들이 분주하게 오가는 무질서의 와중에, 노인이 손을 짚고 일어나려고 용을 쓰다 옆에 서 있던 사내에게 부딪혔다. 사내는 노인이 일어날 수 있게 도와주었다.

그 장면은 마치 물속에서 일어나는 일인 양 무기력하고 어렴풋했으며, 먹먹하고 왜곡되어 보였다.

간신히 일어선 노인이 비틀거리며 꿈이라도 꾸듯 널브러져 있는 사람을 쳐다보았다. 아직 취기가 가시지 않은 그가 술 냄새를 폴폴 풍기며 말했다.

「저 인간이 물귀신처럼 밑에서 날 붙잡고 늘어졌어!」

그를 보고 있자니, 무엇보다 그의 목소리를 듣고 있자

니 마치 그가 저승에서 살아 돌아온 것 같은 묘한 기분이 들었다. 그는 축 늘어진 사람, 인공호흡기, 물, 특히 선교 근처의 물을 쳐다보았다.

「날 놓아주려 하지 않았어, 더러운 놈!」

사람들은 그의 말을 흘려들었다. 하얀 잠옷을 입은 처녀가 목에 숄을 둘러 주려 했지만, 그는 그녀를 밀치고 초인적인 문제와 맞닥뜨리기라도 한 것처럼 깊은 생각에 빠진 표정으로 제자리에 우뚝 서 있었다.

「밑에서 올라왔어.」 그가 혼잣말을 하듯 중얼거렸다. 「뭔가가 내 다리를 붙들었어. 마구 발길질을 해댔지만, 그러면 그럴수록 점점 더 악착같이 다리를 휘감았어…….」

한 선원의 아내가 화주 병을 들고 와 그에게 한 잔 건넸다. 하지만 그는 술을 반 이상 흘렸다. 널브러져 있는 사람에게서 단 한 번도 눈길을 떼지 않았으니까. 그는 여전히 생각에 잠겨 있었다.

「정확하게 무슨 일이 있었던 거요?」 순경이 물었다.

하지만 노인은 어깨를 한 번 으쓱하고는 무성한 털로 뒤덮인 입술을 꼼지락거리며 더 나지막한 소리로 강박적인 독백을 이어 갔다.

펌프를 조작하는 몇 사람을 제외한 나머지는 무리 지어 강둑 위를 서성였다. 그들은 의사를 기다리고 있었다.

「그만 들어가서 자.」 누군가 자신의 아내에게 말했다.

「와서 얘기해 줄 거지……?」

그 와중에 노인이 석재 위에 놓인 술병을 슬쩍하는 걸 알아차린 사람은 아무도 없었다. 그는 이제 강둑 벽에 등을 기대고 홀로 앉아 술을 병째 마셔 가며 인상을 잔뜩 찌푸린 채 깊은 생각에 빠져 있었다.

그는 앉은 자리에서 널브러져 있는 사람을 볼 수 있었다. 노인이 으르렁대는 대상은 바로 그였다. 그를 질책하고 있었으니까. 노인은 그에게 욕을 퍼붓고 있었다. 더러운 술책을 부렸다고 비난하며, 심지어 어디 정신을 차릴 수 있으면 차려 보라고 을러대기까지 했다.

잠옷 차림의 처녀가 술병을 빼앗으려고 시도했지만, 노인은 이렇게 말하고 말았다.

「넌 가서 잠이나 자!」

노인이 그녀를 옆으로 밀쳤다. 그녀에게 가려 널브러진 사람이 안 보였기 때문이었다. 그들은 둘 다 키가 작았다. 하지만 널브러진 쪽이 어깨가 떡 벌어지고 살이 더 쪘으며, 굵은 목과 뻣뻣한 머리카락으로 뒤덮인 각진 머리를 하고 있었다.

자동차가 부르릉거리며 다가오는 소리가 들렸다. 사람들은 자동차에서 나와 층계를 내려오는 그림자들을 눈으로 좇았다. 순경들과 의사였다. 순경들은 무슨 일이 벌어졌는지 알지도 못한 채 구경꾼부터 쫓기 시작했다. 의사가 콘크리트 더미 위에 가방을 내려놓았다.

탐문을 하던 사복형사가 사람들이 가리키는 노인 쪽을 돌아보았다. 하지만 그를 붙들고 질문을 하는 것은 이미 무리였다. 화주 병을 반 이상 비운 노인은 의심에 찬 눈길로 사람들을 노려보고 있었다.

「당신 아버지요?」 형사가 잠옷 차림의 처녀에게 물었다.

그녀는 무슨 말인지 알아듣지 못하는 것 같았다. 너무나 많은 일이 한꺼번에 벌어지고 있었다. 그때 주점 주인이 다가와 말했다.

「가생은 이미 많이 취해 있었어요. 아마 선교에서 미끄러졌을 겁니다.」

「그럼 저 사람은?」

의사가 또 한 사람의 옷을 벗기고 있었다.

「에밀 뒤크로. 예인선과 채석장을 여럿 갖고 있죠. 저기 살아요.」

주점 주인이 가리킨 것은 8번지 건물이었다. 2층 덧창을 통해 여전히 빛줄기가 새어 나왔고, 3층 창문은 분홍빛으로 물들어 있었다.

「거주지가 3층이오?」

사람들은 대답을 망설였다.

「2층요.」 그들 중 하나가 말했다.

또 한 사람이 알 수 없는 표정을 지으며 덧붙였다.

「3층도! 말하자면 3층에도 여자가 있어요.」

「딴살림이라고나 할까!」

저 위, 분홍빛으로 물든 방에 있던 누군가가 창문을 닫고 블라인드를 내렸다.

「가족에게는 알렸소?」

「아뇨. 생사를 확인하려고 기다리고 있었어요.」

「가서 양말이나 신어.」 한 선원이 아내에게 말했다. 「내 모자 좀 갖다 주고.」

그렇게 때때로 그림자가 이 배에서 저 배로 건너갔다. 승강구들과 현창들을 통해 석유등, 흐트러진 침대, 소나무 칸막이벽에 걸린 사진 들이 보였다.

의사가 아주 작은 목소리로 형사에게 말했다.

「아무래도 반장님께 알려야 할 것 같네요. 이 사람, 물에 빠지기 전에 칼침을 맞았어요.」

「죽었습니까?」

널브러져 있던 자가 마치 그 말이 나오기만을 기다렸다는 듯이 눈을 번쩍 뜨는 동시에 컥 하고 숨 쉬며 물을 뱉어 냈다. 그에게는 모든 것이 왜곡되어 보였다. 바닥에 등을 대고 누워 별이 총총 박힌 하늘을 정면으로 올려다보고 있었으니까. 사람들이 하늘을 향해 끝없이 뻗어 있는 거인처럼 보였다. 다리들도 거대한 기둥 같았다. 그는 아무 말도 하지 않았다. 어쩌면 아직 생각을 못 하고 있었는지도. 그가 매서운 눈초리로 천천히 주변을 둘러보았다. 멍하니 고정되어 있던 눈동자가 조금씩 움직이기 시작했다.

주변에 있던 사람들도 그의 숨소리를 들은 게 분명했다. 모두가 동시에 모여들었으니까. 순경들도 갑자기 그 사건에 정상적이고 공식적인 성격을 부여했다. 다시 말해, 줄지어 서서 울타리를 치고, 구경꾼들을 쫓아내고, 꼭 필요한 사람들만 울타리 원 안으로 들여보냈다.

이렇게 해서 방금 정신을 차린 자는 자기 주변의 공간이 비어 가는 것을, 그리고 경관복과 은색 계급 줄이 둘린 모자들을 보았다. 사람들이 쉬지 않고 팔을 움직여 대는 동안 그는 계속 탁한 물을 게워 냈고, 물은 턱을 타고 가슴으로 흘러내렸다. 그는 자기 팔의 움직임 역시 호기심 어린 눈길로 좇았다. 그러다 가장 뒤쪽 열에서 누군가 이렇게 속삭이자 인상을 찡그렸다.

「죽었어요?」

가생 노인이 술병을 들고 일어났다. 그가 비틀대며 서너 걸음 내딛더니 누워 있는 자의 다리 사이에 우뚝 서서 뭐라고 지껄였는데, 입이 굳고 혀가 꼬여 단 한 음절도 알아들을 수가 없었다.

뒤크로가 노인을 쳐다보았다. 노인에게서 눈을 떼지 않았다. 그는 생각을 하고 있었다. 기억을 더듬고 있는 듯했다.

「저리 가요!」 의사가 소리치며 거칠게 떠미는 바람에 가생 노인이 바닥에 나뒹굴며 술병을 깨뜨리고 말았다. 그는 넘어진 채 신음하고 고래고래 소리를 질러 대면서 자신을 돌보려고 달려든 딸을 밀쳐 내려 했다.

또다시 자동차 한 대가 강둑에 멈춰 섰다. 경찰 반장을 둘러싸고 새로운 무리가 형성됐다.

「질문을 해도 됩니까?」

「위험할 건 없으니 해보시죠.」

「살아날 것 같습니까?」

그 질문에 미소로 답한 건 에밀 뒤크로 자신이었다. 아직은 불분명한, 찡그리는 듯한 묘한 미소였다. 하지만 그것이 던져진 질문에 대한 답변이라는 것은 분명히 알 수 있었다.

살짝 당황한 반장이 모자를 벗으며 인사를 했다.

「보아하니 훨씬 나아지신 것 같군요. 다행입니다.」

우뚝 서서 하늘을 올려다보고 누운 채 사람들의 도움을 받고 있는 이의 얼굴에 대고 말하는 것은 상당히 불편한 일이다.

「공격을 당하셨나요? 여기서 먼 곳에 계셨습니까? 공격을 받은 뒤 물에 던져진 곳이 정확히 어딘지 아시겠습니까?」

그의 입에서는 여전히 물이 발작적으로 뿜어져 나왔다. 에밀 뒤크로는 대답을 서두르지도, 말을 하려고 애쓰지도 않았다. 그가 고개를 약간 돌렸다. 잠옷 차림의 처녀가 시야에 들어왔기 때문이다. 그는 눈으로 선교까지 그녀를 좇았다.

　그녀는 이웃 여자의 도움을 받아 사람들이 어서 데려가 침대에 눕히라고 말할 때마다 몸부림을 쳐대는 아버지에게 줄 커피를 끓이러 갔다.

「무슨 일이 있었는지 기억나십니까?」

　그가 계속 대답하지 않자, 반장이 의사를 따로 불렀다.

「그가 내 말을 알아듣는다고 생각하십니까?」

「그런 것 같은데요.」

「근데 왜 대답을…….」

　에밀 뒤크로를 등지고 있던 둘은 그의 목소리를 듣고 깜짝 놀랐다.

「……에이, 더럽게 아프군…….」

　모두가 그를 쳐다보았다. 그가 안달이 나는 듯 입을 달싹거렸다. 말을 하려고 애쓰는 기색이 역력했다. 그가 한쪽 팔을 힘겹게 움직이며 덧붙였다.

「집에 가고 싶어…….」

　그의 손이 가리키려고 애쓴 것은 바로 뒤에 있는 7층 건물이었다. 난처해진 반장은 망설였다.

「재차 물어서 죄송하지만 저한테도 의무가 있는지라……. 공격한 사람을 보셨습니까? 아는 얼굴이었나요? 어쩌면 아직 멀리 달아나지 못했을 수도…….」

두 사람의 눈길이 마주쳤다. 에밀 뒤크로의 눈길은 단호했다. 그는 질문에 대답하지 않았다.

「수사가 벌어질 거고, 검찰은 틀림없이 제게 어떻게 된 일인지…….」

전혀 예상치 못한 일이었다. 하역 부두의 밝은색 포석 위에 죽은 듯 널브러져 있던 사람이 순간적으로 생기를 되찾더니 거치적거리는 모든 것을 밀쳐 냈다.

「집에 가고 싶단 말이야!」 뒤크로가 불같이 화를 내며 다시 말했다.

사람들은 계속 그의 말을 무시했다가는 그가 폭발하고 말 거라고, 그가 기운을 차리고 일어나서 닥치는 대로 공격할지도 모른다고 느꼈다.

「진정해요.」 의사가 소리쳤다. 「상처에서 피가 날 수도 있어요…….」

하지만 사내는 전혀 개의치 않았다. 반추 동물 같은 굵은 목을 가진 사내는 그렇게 구경꾼들에 둘러싸여 바닥에 누워 있는 게 갑자기 못마땅해진 모양이었다.

「할 수 없지, 댁으로 모시게.」 체념한 반장이 한숨 쉬듯 말했다.

사람들이 제1호 수문에서 들것을 가져왔다. 뒤크로가 들것은 싫다며 으르렁거렸다. 팔, 다리, 어깨를 나눠 들어 옮겨야만 했다. 사람들이 그를 옮기는 동안, 그는 성난 눈길로 구경꾼들을 노려보았다. 구경꾼들은 겁이 나 움찔 물러섰다.

운반조가 길을 건넜다. 반장이 행렬을 중단시켰다.

「잠깐만. 우선 부인께 알려야겠소.」

그가 벨을 눌렀고, 운반조는 전차와 버스 정류장을 알리는 녹색 가스등 아래에서 대기했다.

그동안 선원 몇 명은 만취한 데다 병 조각에 손까지 다친 가생 노인을 데리고 투아종 도르호의 선교를 건너느라 생고생을 하고 있었다.

2

이틀 후, 매그레 반장이 두 주점 앞쪽에 정차한 13번 전차에서 내렸을 때는 오전 10시였다. 매그레는 눈에는 햇빛을, 귀에는 소음을 가득 담고 눈썹을 찡그린 채 잠시 인도에 서 있었다. 시멘트를 허옇게 뒤집어쓴 트럭들이 그와 수로 사이를 줄지어 지나갔다…….

그는 검찰의 현장 검증에는 참석하지 않았다. 그래서 사건에 대해서나 현장에 대해서나 그가 아는 건 이론적인 것들뿐이었다. 사람들이 그려 준 작은 지도상으로는 아주 간단했다. 오른쪽에는 수문과 하역 부두에 정박해 있는 가쟁의 배, 그리고 왼쪽에는 두 주점, 8번지의 높다란 건물, 그 끝에 작은 댄스홀.

원래 이렇게 전망도, 배경도, 삶도 없는 그런 곳인지도 몰랐다. 오로지 배들뿐……. 예를 들어, 수문이 내려다보이는 독에만 배 50척이 있었다. 몇몇은 부두에 정박해 있었고, 몇몇은 물 위에 옹기종기 모여 있었으며, 나머지는 쏟아지는 햇빛 속을 천천히 떠다녔다. 도로에는 주로 대형 트럭들이 시끄러운 소리를 내며 끊임없이 오갔다.

하지만 그 풍경의 영혼, 쿵쿵거리고 뛰면서 그곳의 공기 자체에 리듬을 부여하는 심장은 다른 곳에 있었다. 수로 가에 서 있는 흉측하고 높다란 기계 장치, 밤에는 시커먼 그림자에 지나지 않지만 낮에는 돌을 분쇄하고 모든 철판과 세로 들보, 각 도르래를 통해 소음을 뱉어 내는 고철로 된 탑이었다. 분쇄되어 굴러떨어진 돌들은 체로 걸러진 다음, 여전히 와글거리는 소리를 내며 옮겨져서 먼지가 폴폴 날리는 돌 더미들 위로 내동댕이쳐졌다.

기계 장치 꼭대기에 〈에밀 뒤크로사(社)〉라고 적힌 푸른색 에나멜 판이 붙어 있었다.

바지선 위로 쳐놓은 철사 위에서 빨래가 말라 가고 있었다. 젊은 금발 처녀가 투아종 도르호 갑판에 물을 뿌리고 있었다.

13번 전차가 또 지나갔다. 잠시 후, 또 한 대. 따뜻한 햇살을 즐기던 매그레는 피부가 촉촉하게 젖어 관능적으로 변하자 — 그 감각은 4월의 첫 햇살을 통해서만 느낄 수 있었다 — 별생각 없이 높다란 건물을 향해 걸어갔다. 관리실 창문을 기웃거렸지만 관리인은 보이지 않았다. 층계 발치에 새빨간 양탄자가 깔려 있었고, 계단에는 니스 칠이 되어 있었으며, 벽은 대리석 무늬로 칠해져 있었다. 층계참에서 먼지 냄새가 났다. 짙은 색 문 두 개와 열심히 문질러 닦아 반짝이는 구리 손잡이, 변변찮지만 나름대로 깔끔해 보였다. 안뜰을 비스듬히 가로지른 태양 광선이 천창으로 스며들어 와 계단 곳을 황금빛으로 물들였다.

매그레는 두세 차례 초인종을 눌렀다. 두 번째 눌렀을 때부터 안에서 인기척이 들려왔다. 하지만 문은 5분이 지난 후에야 열렸다.

「뒤크로 씨 댁이 맞소?」

「맞아요. 들어오세요.」

얼굴이 발갛게 달아오른 하녀는 지나치게 허둥댔다. 매그레는 그녀를 보며 자기도 모르게 씩 웃었다. 등 뒤에서 봤을 때는 나름대로 매력이 있는 육감적인 뚱보 처녀였지만 앞에서 본 얼굴은 표정이 딱딱하고 이목구비가 반듯하지 못해 영 아니었으니까.

「어디서 오셨죠?」

「파리 수사국에서 나왔소.」

옆쪽 방문을 향해 걸음을 내딛던 그녀는 급히 허리를 숙여 스타킹을 끌어올려야 했다. 하녀는 또다시 두 걸음을 내딛다가 문짝에 가려 안 보인다고 여겼는지 잽싸게 스타킹 고무 밴드를 맨 다음 옷을 끌어내렸고, 매그레는 그 모습을 보고 환하게 웃었다. 옆쪽 방에서 누가 웅얼거리는 소리가 들렸다. 그녀가 돌아왔다.

「이쪽으로 들어오세요.」

매그레가 환하게 웃은 것은 햇빛 때문만은 아니었다. 입술에 웃음이 샘솟듯 넘쳤고, 활짝 피어 걸렸다. 그는 대기실에 들어섰을 때부터, 아니 신발 털개를 밟고 섰을 때부터 무슨 일이 벌어지고 있는지 직감적으로 알아차렸고, 이제 그것을 확신했다.

「뒤크로 씨?」

그의 눈은 이미 웃고 있었고, 입은 금방이라도 폭소를 터뜨릴 것처럼 본의 아니게 비죽거렸다. 두 남자 사이에는 진실이 밝혀진 것이나 다름없었다. 뒤크로가 하녀와 방문객을, 그리고 자신의 붉은 벨벳 안락의자를 쳐다보았다. 그러고는 머쓱한 표정을 지으며 숱이 빽빽한 머리카락을 매만졌다. 전혀 그럴 필요가 없는데도. 그 역시 웃었다. 기분 좋은 웃음, 약간 민망해하면서도 만족이 배어나는 웃음이었다.

창 세 개로 빛이 쏟아져 들어왔다. 그중 활짝 열어 놓은 창문 하나를 통해 거리의 소음이 들려왔는데, 분쇄기 소리가 하도 커서 매그레가 말을 하려고 했을 때는 자기 입으로 하는 말도 겨우 들릴 지경이었다.

에밀 뒤크로가 기분 좋은 한숨을 내쉬며 안락의자에 다시 앉았다. 몸이 완전히 회복되지 않았다는 게 느껴졌다. 하녀와 벌인 일 때문에 이마는 아직 열에 들떠 있었고, 호흡의 리듬도 가팔랐다. 칼침을 맞아 놓고 벌써 하녀와 수작을 벌이다니 하여간 대단한 사람이었다! 그 전날 방문했던 검찰도 그가 침대에 누워 꼼짝도 못 하고 있으리라고 예상했는데 안락의자에 버젓이 앉아 있어서 깜짝 놀랐다고 하지 않았는가!

그는 옷깃에 붉은색 수를 놓은 잠옷 위에 낡은 웃옷을 걸치고 발에는 실내화를 신고 있었다. 30~40년 전에 만들어진 하나같이 변변찮은 가구들이 배치되어 있는 거실 구석구석이, 예인선 사진들을 끼워 놓은 검은색과 금색 액자가, 한쪽 구석에 놓인 개폐식 뚜껑이 달린 책상이 되는대로 막 살아가는 생활 방식을 말해 주고 있었다.

「수사를 맡은 사람이 당신이오?」

웃음기가 서서히 사라졌다. 뒤크로는 이미 다시 꼬치꼬치 캐묻는 듯한 날카로운 눈길과 공격적인 목소리를 지닌 심각한 남자로 변해 있었다.

「이번 일에 대해 이미 나름대로 생각한 게 있죠? 아니오? 명색이 경찰 반장인데, 거참 놀랍군!」

불쾌하게 굴 의도가 있는 건 전혀 아니었다. 태도가 원래 그랬다. 그는 때때로 인상을 살짝 찡그렸다. 아마도 등에 입은 상처가 쑤시는 모양이었다.

「참, 뭐라도 한잔 하셔야지! 마틸드! 마틸드! ······마틸드, 제기랄······!」

마침내 하녀가 손에 비누 거품을 잔뜩 묻힌 채 모습을 드러내자 그가 말했다.

「백포도주 좀 갖고 와. 좋은 걸로!」

그의 육중한 몸은 안락의자를 가득 채우고도 남았다. 그가 융단 쿠션에 발을 올려놓자 안 그래도 짧은 다리가 더 짧아 보였다.

「사람들이 뭐랍디까?」

그는 말을 하면서 습관적으로 창밖 수문 쪽을 흘낏거렸다. 그러다 갑자기 으르렁댔다.

「저런 멍청한 것들! 푸아레 에 쇼송사 배한테 추월을 당하다니!」

매그레는 뱃전을 노란색으로 칠한, 화물을 가득 실은 바지선 한 척이 천천히 갑실로 들어가는 것을 보았다. 그 뒤로 푸른색 삼각형 표시가 있는 또 한 척이 수로에 비스듬히 멈춰 서 있었고, 서너 명의 남자가 서로 욕설을 주고받으며 격한 몸짓을 해댔다.

「푸른색 삼각형 표시가 된 배들은 모두 내 겁니다.」방으로 들어서는 하녀를 보고 의자를 가리키며 뒤크로가 설명했다.

그러고는 하녀에게 말했다.

「병과 잔은 저기다 놔. 여기서는 격식 안 차립니다, 반장. 어디까지 얘기했더라……. 아, 그래! 사람들이 이번 일을 놓고 뭐라고 지껄여 대는지 물어봤었지.」

그가 내보이는 호탕함의 저변에는 적의가 깔려 있었고, 그 적의는 매그레와 보내는 시간이 길어질수록 점점 더 적나라하게 드러났다. 아마도 반장이 자기만큼이나 어깨가 넓고 힘이 좋아 보이는 데다 키는 오히려 더 컸기 때문일 것이다. 더구나 이를 데 없이 침착해 도저히 옮길 수 없는 거대한 바위처럼 보였을지도.

「오늘 아침에야 사건을 맡았습니다.」

「관련 서류는 읽어 보셨소?」

그때 현관문이 열렸고, 누군가가 대기실을 지나 방으로 들어왔다. 비쩍 마른 데다 표정이 슬퍼 보이는 50대 여자였는데, 손에 장바구니를 들고 있었다.

「죄송합니다. 손님이 계신 줄 모르고…….」

매그레는 이미 일어나 있었다.

「뒤크로 부인 되시죠? 만나 뵙게 돼서 반갑습니다.」

그녀가 어색하게 인사를 하고는 뒷걸음질 쳐 물러갔다. 그녀가 하녀에게 뭐라고 말하는 소리가 들려왔다. 매그레는 또다시 웃었다. 주인이 하녀를 희롱하는 장면을 조금 전보다 더 세세하게 상상할 수 있었으니까.

「저 사람은 절대 살림에서 손을 못 떼요.」 뒤크로가 구시렁거렸다. 「원하기만 한다면 하녀 열 명은 고용할 수 있을 텐데도 저렇게 직접 장을 본답니다!」

「당신도 예인선 한 척으로 시작하셨을 것 같은데?」

「나도 다른 사람들하고 똑같이 시작했소. 기관실 화부로! 그 예인선 이름이 〈에글〉이었는데, 내가 방금 보신 선장 딸내미와 결혼을 하면서 내 것이 됐죠. 지금은 에글이라는 이름을 가진 배가 스물네 척이나 됩니다. 보세요, 독에만 해도 오늘 디지까지 거슬러 올라갈 배가 두 척 있고, 직원 말이 하류로 내려가는 배는 다섯 척이라더군요. 저 아래 두 주점에 있는 모든 키잡이가 내 밑에서 일합니다. 난 이미 바지선 열여덟 척, 보급품 수송선 네 척, 준설선 두 척을 갖고 있어요……」

그가 눈을 점점 더 가늘게 뜨더니 결국에는 매그레의 눈만 노려봤다.

「알고 싶었던 게 이거요?」

그러고는 문을 향해 돌아보며 소리쳤다.

「그 안에 입들 좀 다물어!」 문 건너편에서 목소리 낮춰 소곤대는 두 여자에게 한 소리였다.

「반장의 건강을 위해. 날 공격한 놈을 잡으면 내가 경찰에 2만 프랑을 내놓기로 했다는 얘긴 들었죠? 그 때문에 경찰에서 유능한 분을 골라 보냈을 것 같은데……. 뭘 그렇게 쳐다보시오?」

「아무것도, 그냥 수로, 수문, 배들…….」

창문들에 잘린 그 눈부신 풍경은 생명력으로 넘쳤다. 위에서 내려다보니, 바지선들이 밀도 높은 물속에 푹 빠진 것처럼 훨씬 무거워 보였다. 선원 한 명이 작은 배 위에 서서 물 위로 2미터는 족히 솟아 있는 바지선의 회색 동체에 타르를 칠하고 있었다. 컹컹 짖는 개들과 격자 우리에 갇힌 암탉들, 갑판의 구리 장비를 문질러 닦고 있는 금발 처녀도 보였다. 사람들이 갑문 위를 오갔고, 갑문에서 나온 배들은 센 강을 따라 미끄러지기 전에 잠시 망설이는 듯 보였다.

「그러니까 저 모든 게 당신 거라는 말입니까?」

「모두라고 하면 과장이겠지만 반장 눈에 보이는 사람 모두가 어느 정도는 내게 신세를 지고 있죠. 특히 내가 저 위 샹파뉴에 있는 활석 채석장들을 산 뒤로는.」

아파트 안의 가구는 중고 식탁이나 대야를 헐값으로 사러 오는 소시민들에게 팔기 위해 토요일마다 경매장에 무더기로 쌓아 두는 가구들과 크게 다르지 않았다. 부엌에서 프라이팬 위의 버터가 지글거리는 소리가 들리고 노릇노릇 구워지는 양파 냄새가 풍겨 왔다.

「허락하신다면 뭐 하나 물어보죠. 보고서에는 당신이 사람들에게 구조되기 전에 무슨 일이 있었는지 기억을

34

못 한다고 되어 있더군요.」

뒤크로는 시선을 고정한 채 시가 끄트머리를 잘라 냈다.

「정확하게 어느 시점부터 기억이 끊겼습니까? 예를 들어, 그저께 저녁에 뭘 했는지 얘기해 줄 수 있겠습니까?」

「딸과 사위가 여기서 저녁을 먹었어요. 사위는 베르사유에 주둔하는 보병 중대장이죠. 부부가 수요일마다 와서 저녁 식사를 합니다.」

「아들도 하나 있죠?」

「예. 국립 고문서 학교에 다니는데, 집에서 마주치는 경우는 드뭅니다. 내가 6층에 방을 하나 내줬거든요.」

「그날 밤에도 못 보셨습니까?」

뒤크로는 대답을 서두르지 않았다. 그는 매그레에게서 눈을 떼지 않았다. 천천히 시가를 피우며 반장이 던지는 질문과 자신이 내뱉는 말 하나하나를 신중하게 쟀다.

「반장, 내가 아주 중요한 것 한 가지를 알려 줄 테니 원활한 의사소통을 원한다면 잘 새겨 두기 바라오. 〈미밀한테 약은 수작 부리다간 큰코다친다〉, 이게 이곳의 불문율입니다! 내가 바로 그 미밀이에요. 나한테 예인선이 단 한 척밖에 없었을 때부터 사람들은 날 그렇게 불렀어요. 오트마른에는 날 다른 이름으로는 알지 못하는 수문지기가 지금도 여럿 있어요. 무슨 말인지 이해하겠소? 난 당신보다 멍청하지 않아요. 이번 사건에서 돈을 내는 건 바로 나요! 공격을 당한 것도 나고, 당신을 오게 한 것도 나요!」

매그레는 눈썹 하나 까닥하지 않았다. 오히려 오랜만에 한번 붙어 볼 만한 상대를 만났다며 속으로 쾌재를 부르고 있었다.

「잔을 비우세요. 시가도 피우고. 맛이 좋으면 주머니에 몇 개 넣어 가요. 직업이 형사니 수사를 하는 건 좋은데, 다만 농간을 부리지는 마시오! 어제 검찰이 날 만나러 왔는데, 거만한 수사 판사가 손을 더럽힐까 두려운지 버터색 장갑을 끼고 여길 오락가락합디다. 그래서 내가 그자의 코에 대고 담배 연기를 훅 뿜으며 모자도 벗고 담배도 피우지 말라고 요구했소이다. 감이 잡히시오? 자, 이제 말해 보시오.」

「이번에는 내가 질문 하나 하죠. 수사 의뢰를 취하하지 않을 겁니까? 그래요? 정말로 내가 범인을 잡기를 원합니까?」

미소의 그림자가 뒤크로의 입술을 스치고 지나갔다. 그가 대답 대신 중얼거렸다.

「그 외의 질문은?」

「그게 답니다! 아직은 시간이 있어요.」

「달리 할 말은 없습니까?」

「전혀!」

매그레는 일어나서 부신 눈을 가늘게 뜨며 열린 창문

앞에 우뚝 섰다.

「마틸드! 마틸드……!」 뒤크로가 소리쳤다. 「내가 부르면 지체 없이 달려오도록 해. 그리고 앞치마 좀 깨끗한 걸로 갈아입어. 이제 가서 샴페인 좀 가져와. 왼쪽 깊숙한 곳에 있는 병 여덟 개 중에 하나로.」

「난 샴페인 안 마십니다.」 하녀가 나가자 매그레가 말했다.

「일단 마셔 보고 말해요. 랭스에서 가장 큰 주조장을 하는 사장이 직접 보내 준 1897년산 명품이니까.」

그는 기분이 풀려 있었다. 거의 드러나진 않았지만, 심지어 어떤 탄복의 그림자 같은 게 어른거리기까지 했다.

「뭘 그렇게 쳐다보시오?」

「가생의 배요.」

「가생은 나하고 막역한 사이입니다. 아직 나한테 말을 놓는 유일한 친구죠! 항해를 함께한 사이니까. 벨기에를 오가는 내 배들 중 하나를 그에게 맡겼죠.」

「어여쁜 딸이 있군요.」

그것은 인상에 지나지 않았다. 거리가 멀어 기껏해야 실루엣밖에 보이지 않았으니까. 하지만 그것만으로도 그녀가 아름다우리라는 확신이 들었다. 단순한 실루엣이었지만, 그래도! 검은색 원피스와 하얀 앞치마, 나막신 속의 맨발.

뒤크로는 대답하지 않았다. 잠시 침묵이 흐른 후 그가 더는 못 참겠다는 듯 입을 열었다.

「계속해 봐요! 아가씨야 위층에도 있고, 하녀도 있고, 사방에 널렸으니까! 다 들어 줄 테니…….」

부엌문이 빠끔히 열렸다. 뒤크로 부인이 문턱에 서서 작게 헛기침을 하고는 말했다.

「얼음도 가져오게 할까요?」

뒤크로가 버럭 고함을 질렀다.

「샴페인 가지러 랭스까지 갔다 오는 거야 뭐야!」

그녀는 대답 없이 모습을 감췄고, 뒤크로가 말을 잇는 동안에도 문은 계속 빠끔히 열려 있었다.

「내가 이 방 바로 위층에 한때 〈막심〉에서 댄서로 일했던 로즈라는 여자를 들여앉혔소.」

그는 문이 열려 있는데도 목소리를 낮추지 않았다. 아내에게도 들릴 게 분명했다. 부엌에서 잔들이 부딪히는 소리가 났다. 깨끗한 앞치마로 갈아입은 하녀가 쟁반을 들고 들어왔다.

「다른 세세한 것들도 알고 싶다면 말해 드리지. 난 그녀에게 매달 2천 프랑과 옷값을 줍니다. 하지만 옷은 거의 모두 그녀가 직접 지어 입어요. 넌 됐으니까 그거 내려 놓고 나가 봐! 병마개를 직접 따지 않겠소, 반장?」

귀에 익은 탓인지 매그레에게는 더 이상 분쇄기의 핑

음도, 방 안을 날아다니는 큼지막한 파리 두 마리의 윙윙
거림과 뒤섞이는 거리의 소음도 들리지 않았다.

「그저께 애길 하고 있었죠. 내 딸년과 멍청한 사위 놈
이 여기서 저녁 식사를 했소. 늘 그렇듯, 난 디저트를 먹
고 나가 버렸죠. 난 성가신 것들은 질색입니다. 그런데
사위가 워낙 진드기 같은 놈이라⋯⋯. 자, 반장의 건강을
위해!」

그가 혀를 차고는 한숨을 쉬었다.

「그게 답니다! 아마 10시쯤이었을 거요. 난 인도를 따
라 걸었어요. 조금 떨어진 곳에서 댄스홀을 하는 카트린
과 한잔했습니다. 그러고는 계속 걷다가 저 아래 등이 보
이는 도로 모퉁이 술집에 도착했죠. 난 지금도 사위 놈보
다는 아가씨들과 어울려 맥주를 마시는 게 더 좋소.」

「술집에서는 몇 시에 나왔습니까? 누가 따라오는 걸
보지는 못했나요?」

「아무도 못 봤소.」

「술집에서 나와서 어느 쪽으로 갔습니까?」

「나도 모르겠소.」

그것은 확실했다. 목소리가 또다시 공격적으로 변해
있었다. 샴페인을 벌컥벌컥 들이켜다 사레가 든 뒤크로
가 발작적인 기침을 하고는 색 바랜 양탄자 위에 술을 뱉
었다.

의사의 보고서에는 피해자의 등에 난 상처가 깊지 않고, 물속에 있었던 시간은 3~4분 정도이며, 아마도 그사이에 한두 번 물 위로 떠올랐을 거라고 되어 있었다.

「그렇다면 당연히 의심 가는 사람도 없겠군요?」

「난 모든 사람을 의심합니다!」

그의 외모에서 풍기는 인상은 아주 묘했다. 얼굴은 살집이 많고 넙데데했으며 이목구비는 투박했다. 그런데도 차돌처럼 단단하다는 느낌이 들었다. 매그레의 반응을 살피는 그의 눈길은 장에서 흥정을 벌이는 늙은 농부의 눈길을 떠올리게 했다. 하지만 1초 후, 푸른 눈에서 사람을 어리둥절하게 하는 순진함이 드러나기도 했다.

그는 수시로 위협하고, 고함치고, 욕설을 퍼붓고, 어디할 테면 해보라는 식으로 맞섰는데, 간혹 그가 혹시 장난삼아 일부러 그러는 게 아닌가 하는 의심이 들기도 했다.

「내가 반장에게 말하고 싶었던 게 바로 그겁니다! 나한테는 모든 사람을 의심할 권리가 있으니까요. 내 아내, 아들, 딸, 사위, 그리고 로즈, 하녀, 가생……」

「……그리고 그의 딸……」

「그래요, 원한다면 알린도!」

하지만 그의 말에서 미묘한 뉘앙스가 느껴졌다.

「그리고 난 이렇게 덧붙일 겁니다……. 내게 속한 모든 사람들. 반장에게 그들을 한껏 괴롭힐 권리를 주겠소.

난 경찰을 잘 알아요. 경찰이 그들의 쓰레기통까지 뒤질 거라는 걸 알고 있죠. 지금 당장 시작해도 좋습니다. 잔! 잔……!」

그의 아내가 깜짝 놀라고 겁에 질린 표정으로 들어왔다.

「그러고 있지 말고 냉큼 들어와, 제길! 사람들 앞에 나설 때 제발 그렇게 하녀처럼 굴지 마. 이리 와서 한잔해. 한잔하라니까! 반장하고 건배도 하고. 있잖아, 당신, 반장이 뭘 알고 싶어 하는지 한번 알아맞혀 봐.」

그녀는 창백하고 생기가 없었다. 옷차림도 머리 손질도 엉망이었다. 한마디로, 거실에 있는 가구들처럼 잘못 늙었다는 느낌을 줬다. 햇빛에 눈이 부신지 눈을 제대로 뜨지 못했고, 결혼한 지 25년이 지났는데도 남편이 언성을 높일 때마다 소스라치듯 놀랐다.

「반장은 아이들과 저녁 식사를 하면서 우리가 무슨 얘길 나눴는지 알고 싶어 해.」

그녀는 웃으려고 애를 썼다. 샴페인 잔을 들고 있는 손이 부들부들 떨렸다. 매그레는 안쓰럽다는 듯 가사 노동으로 쪼글쪼글해진 그녀의 손가락을 쳐다보았다.

「대답해 봐. 우선 한잔 마시고.」

「이런저런 얘기를 나눴어요.」

「퍽이나!」

「반장님, 죄송하지만 전 제 남편이 뭘 말하려는 건지

도통 모르겠어요.」

「천만에, 모를 리가 있나! 자, 내가 거들어 줄 테니……」

그녀는 뒤크로가 그와 한 몸이라 여겨질 정도로 깊숙이 퍼질러 앉아 있는 붉은색 안락의자 옆에 똑바로 서 있었다.

「베르트가 시작했잖아. 기억을 더듬어 봐. 그 아이가 말하길……」

「에밀!」

「에밀은 무슨! 베르트가 그랬잖아, 아이를 가질까 봐 두렵다고, 그렇게 되면 드샤름이 군대에 남아 있을 수 없을 거라고. 유모를 고용하고 필요한 것을 모두 사기에는 벌이가 너무 변변찮다고. 그래서 내가 그 녀석에게 땅콩이나 팔러 다니라고 충고했잖아, 안 그래?」

그녀는 가련한 미소로 그를 이해하려고 애썼다.

「당신은 좀 쉬어야 해요.」

「그랬더니 그 병신 같은 놈이 뭐라고 했지? 어디 말해 봐! 그놈이 뭘 제안했지? 언젠가는 재산을 분배해야 할 테니까 당장 자기들 몫을 달라고 했잖아! 그 돈으로 기후가 아이들 키우기엔 그만인 프로방스로 가서 정착하겠다면서. 우리도 휴가 때마다 아이들 보러 내려오면 좋을 거라면서.」

그는 흥분하지 않았다. 그것은 일시적인 분노가 아니

42

었다. 정반대였다! 그는 말들을 천천히, 매정하게 하나씩 내던졌다.

「내가 모자를 쓰는 순간 그놈이 뭐라고 덧붙였지? 어디 당신 입으로 한번 말해 봐.」

「기억 안 나요.」

그녀는 금방이라도 울음을 터뜨릴 것 같았다. 그녀가 엎지를까 봐 잔을 내려놓았다.

「말해 보라니까!」

「당신이 다른 데다 돈을 물 쓰듯 하고 있다고 했어요.」

「〈다른 데다〉라고는 안 했지.」

「그게……」

「뭐라고?」

「여자들한테.」

「그리고 또?」

「위층에 있는 여자한테.」

「들었소, 반장? 저 사람한테 또 물어볼 것 없습니까? 저 사람이 곧 울음을 터뜨릴 것 같은데, 그게 그리 보기 좋지는 않을 것 같아서 물어보는 겁니다. 이제 당신은 가봐!」

그가 또다시 한숨을 내쉬었다. 그의 살찐 가슴에서만 나올 수 있는 긴 한숨이었다.

「자, 벌써 견본 하나 보셨군! 재미있으면 혼자 이런 식으로 계속하면 됩니다. 의사야 뭐라든, 난 내일 일어날 겁니다. 여느 아침처럼 6시부터 작업장에 나가 있는 나를 보게 될 겁니다. 한 잔 더 하겠소? 시가 몇 개비 챙기는 걸 잊으셨네. 가생이 불법으로 배에 숨겨서 또 5백 개비나 갖다 줬거든요. 보다시피 난 반장한테 아무것도 안 숨깁니다.」

그가 양팔로 안락의자 팔걸이를 짚고 무겁게 몸을 일으켰다.

「여러 가지 정보를 주신 것에 대해 감사드립니다.」 가장 진부한 인사말을 찾던 매그레가 말했다.

뒤크로의 눈이 웃고 있었다. 반장의 눈 역시. 그들은 그렇게 둘 모두 암시, 도발, 묘한 끌림으로 가득한, 한 숨 죽인 쾌활함이 묻어나는 눈길로 서로를 쳐다보았다.

「하녀를 불러 배웅해 드리라고 할까요?」

「감사합니다만 그러실 것까지 없습니다.」

두 사람은 악수를 나눴다. 그것은 합의 같은 것이기도 했다. 뒤크로는 활짝 열린 창문 앞에 서 있었다. 환한 빛을 배경으로 그의 윤곽이 검은 얼룩처럼 그려졌다. 가쁘게 숨을 몰아쉬는 것으로 보아 겉으로 보이는 것보다 훨씬 피곤한 게 분명했다.

「행운을 비오! 아마도 2만 프랑은 반장 몫이 될 것 같군요!」

매그레는 부엌문 앞을 지나며 누군가 슬피 우는 소리

를 들었다. 층계참을 지나 계단을 내려가던 그는 주머니에 넣어 둔 서류를 꺼내 보기 위해 그새 위치를 옮긴 빛의 마름모꼴 얼룩 속에서 걸음을 멈췄다. 의사의 보고서였다.

자살을 시도했을 가능성은 없음. 칼로 부상당한 부위는 스스로 찌를 수 없는 곳이기 때문임.

관리실의 어슴푸레한 어둠 속에서 누군가 분주히 움직이고 있었다. 그사이 돌아온 여자 관리인이었다. 인도는 열기와 빛, 소음, 반짝이는 먼지와 움직임들로 가득했다. 13번 전차가 멈췄다가 곧 다시 출발했다. 자갈들이 분쇄기 속으로 굴러떨어지고 푸른색 삼각형 표지가 붙은 작은 예인선이 굳게 닫힌 수문 앞에서 화가 날 대로 난 것처럼 목청껏 고동을 불어 대는 동안, 오른쪽 주점의 초인종소리가 울려 퍼졌다.

3

짙푸른색 간판 중앙에 증기선이 그려져 있고 그 위로 갈매기들이 날아다녔다. 그 아래에는 〈독수리들의 약속. 마른 강과 오트 센 강 물길 안내〉라고 적혀 있었다.

그것은 오른쪽 주점이었다. 문을 밀고 들어간 매그레는 한쪽 구석에 가서 앉았다. 그가 자리를 잡는 사이 그의 주변으로 침묵이 번져 갔다. 손님이라곤 한 식탁에 둘러앉은 다섯 명이 전부였는데, 그들은 다리를 꼬고 의자를 뒤로 젖힌 채 빛을 가리기 위해 모자를 이마까지 눌러쓰고 있었다. 네 사람은 목까지 올라오는 푸른색 스웨터를 입고 있었고, 모두 하나같이 적당히 타서 피부가 튼 게 거의 보이지 않았으며 머리카락은 관자놀이 부분이 탈색되어 있었다.

술집 주인이 자리에서 일어나 매그레에게 다가왔다.

「뭘 드시겠습니까?」

주점은 깨끗했다. 바닥에 톱밥이 깔려 있었고, 카운터는 번쩍거렸으며, 아페리티프 시간이라는 걸 말해 주는 달짝지근하고 쓴 냄새가 실내를 지배했다.

「……그럼, 그래야지……!」 손님 중 하나가 담배꽁초에 불을 붙이며 내뱉었다.

그 〈그럼, 그래야지〉는 맥주를 주문하고 파이프에 담배를 아주 천천히 다져 넣고 있는 매그레와 관련이 있는 게 분명했다. 맞은편에 앉은 손님 중에서 노란 턱수염을 기른 키 작은 노인이 잔을 단숨에 비우고 콧수염을 닦으며 소리쳤다.

「한 잔 더, 페르낭!」

붕대를 감은 오른팔이 그가 가생 노인이라는 것을 말해 주었다. 아닌 게 아니라 다른 사내들이 털로 뒤덮인 얼굴이 주름질 정도로 매그레를 뚫어져라 노려보는 선원을 향해 턱짓을 해가며 무언의 신호를 주고받기 시작했다.

그는 이미 취해 있었다. 서툴고 흐트러진 몸짓만 봐도 알 수 있었다. 그는 감으로 매그레가 경찰 쪽 사람이라는 것을 알아차렸고, 동료들은 동요하는 그를 놀려 댔다.

「기회가 왔잖아, 가생!」

그는 벌써 분노에 치를 떨고 있었다.

「보아하니 이 양반한테 할 말이 있는 것 같구먼!」

사내 중 하나가 슬쩍 매그레에게 눈짓을 보냈다. 그 눈짓은 이런 뜻이었다.

〈신경 쓰지 마세요! 그가 어떤 상태인지 보셨잖아요!〉

그래도 주인장만은 약간 걱정이 되는 눈치였다. 하지만 손님들은 대놓고 가생을 놀려 댔다. 그곳 분위기에는 천진난만한 장난기 같은 게 있었다. 창을 통해 보이는 건 강둑 난간과 돛대, 바지선들의 키, 수문지기 집 지붕밖에 없었다.

「닻은 언제 올릴 거야, 가생?」

그러자 또 한 사내가 나지막이 말했다.

「가서 말해!」

노인은 그 충고에 따르는 듯했다. 그가 자리에서 일어나 주정뱅이처럼 일부러 건들거리며 카운터로 걸어갔다.

「한 잔 더, 페르낭!」

그는 여전히 매그레를 노려보고 있었다. 그 눈길은 아주 복잡 미묘했다. 거기엔 뻔뻔스러움뿐만 아니라 남모를 절망 같은 게 담겨 있었다.

반장은 주인장을 부르기 위해 동전으로 탁자를 두드렸다.

「얼마죠?」

페르낭은 액수를 말한 다음 탁자 위로 몸을 숙이고 소리 죽여 말했다.

「저 사람 자극하지 마세요. 이틀 전부터 술에 취해 저

꼴이거든요.」

자그맣게 속삭였는데도 노인이 자기 자리에서 으르렁
댔다.

「뭐라고 지껄이는 거야?」

매그레는 이미 일어나 있었다. 그는 노인을 자극하려
들지 않았다. 그저 더없이 사람 좋은 표정을 짓고 문 쪽
으로 걸어갔다. 길을 건넌 그가 돌아보았다. 가생이 손에
잔을 들고 창가로 다가와 눈으로 그를 좇고 있었다.

공기가 훨씬 뜨거워진 것 같았다. 거지 하나가 강둑의
돌 위에 몸을 길게 뻗고 누워 얼굴 위에 신문지를 펼쳐 놓
고 자고 있었다.

자동차, 트럭, 전차들이 연이어 지나갔다. 하지만 이
제 매그레는 그것들이 전혀 중요하지 않다는 것을 알았
다. 길을 따라 지나가는 것들은 그 풍경과는 상관이 없었
다. 파리 사람들이 마른 강가로 가기 위해 그곳을 지나갔
다. 하지만 그것은 한낱 부르릉거림에 지나지 않았다. 중
요한 것은 수문, 예인선들의 고동 소리, 자갈 분쇄기, 바
지선, 기중기, 물길 안내인들의 두 주점, 그리고 무엇보다
창틀 속으로 뒤크로의 붉은색 안락의자가 보이는 높다
란 건물이었다.

그들은 밖에서도 자기 집에 있는 거나 다름없었다. 기
중기 인부들이 모래 더미에 앉아 간단한 식사를 하고 있

었다. 선원의 아내가 갑판에 식탁을 차리고 있었고, 이웃 여자는 빨래를 하고 있었다.

반장은 서두르지 않고 돌층계를 걸어 내려갔다. 그는 오트마른에서 범죄가 발생했을 때 몸소 체험한 느리고 강한 리듬을 되찾고 있었다. 심지어 수로의 독특한 냄새 도 물을 일렁이게 하지 않고 미끄러지는 바지선들의 이미지를 눈앞에 떠오르게 했다.

그는 적갈색 송진을 바른 목선, 투아종 도르호 바로 옆에 있었다. 청소를 하느라 갑판에 뿌린 물이 군데군데 반점을 그리며 말라 가고 있었다. 젊은 처녀는 더 이상 보이지 않았다.

선교를 건너던 매그레가 돌아보니 노인이 강둑 난간에 팔꿈치를 괸 채 쳐다보고 있었다. 내친김에 마저 건너간 그가 외쳤다.

「누구 없소?」

매그레가 붉은색과 푸른색 유리로 장식된 이중문을 향해 걸어가자, 가까운 바지선에서 빨래를 하던 여자가 고개를 들어 쳐다보았다.

「아무도 없습니까?」

몇 단짜리 층계 아래쪽에 깨끗하고 잘 정돈된 방이 있는 듯했다. 식탁보로 덮인 식탁 모서리가 보였다.

매그레는 계단을 내려갔다. 마지막 계단으로 내려서던

그는 밀짚 의자에 앉아 아기에게 젖을 먹이는 금발 처녀와 정면으로 마주쳤다.

너무나 뜻밖인 동시에 너무나 평범한 일이라 반장은 서둘러 모자를 벗고 뜨거운 파이프를 주머니에 쑤셔 넣으며 한 발짝 뒤로 물러섰다.

「아이고, 죄송…….」

금발 처녀는 겁을 집어먹은 게 분명했다. 그녀는 침입자의 의도를 간파하려는 듯 그를 빤히 쳐다보았다. 하지만 그녀는 자리를 뜨지 않았고, 아기의 작은 입은 여전히 젖가슴 위에서 둥글게 말려 있었다.

「누가 있는 줄 몰랐소. 내가 수사를 맡게 된 터라, 당신에게 몇 가지 물어볼 게 있어서 이렇게 불쑥 찾아왔소이다.」

매그레는 그녀를 쳐다보며 막연한 불편함에 사로잡혔다. 딱히 구체적으로 뭐라 말할 수는 없는 어떤 예감이 떠올랐다.

온통 니스 칠을 한 소나무로 된 방은 꽤 넓었다. 한쪽 구석에 침대보를 덮은 침대가 놓여 있었고, 그 위쪽에 흑단 십자가가 걸려 있었다. 선실 중앙은 식당으로 사용하고 있었고, 식탁에는 2인분의 식사가 차려져 있었다.

「좀 앉으세요.」 금발 처녀가 말했다.

그녀의 목소리 역시 예상 밖이었지만, 뒤크로의 창문

을 통해 봤을 때부터 그는 알린에게 뭔가 천사처럼 가벼운 것이 있다는 묘한 느낌을 받았었다.

그런데 그녀는 마르지도 가냘프지도 않았다. 심지어 가까이에서 보면 살집이 제법 탄탄하고 생기로 가득하다는 것을 확인할 수 있었다. 생김새는 반듯했고, 붉은빛이 도는 안색은 머리카락의 금색과 대조를 이루었다.

그런데 왜 전체적으로는 허약해 보였을까? 왜 그녀를 보호하거나 위로해 주고 싶은 마음이 들었을까?

「당신 아이요?」

바로 옆에 놓인 잘 다듬어진 나무 요람을 본 매그레가 무슨 말이라도 하기 위해 아기를 가리키며 물었다.

「제 대녀예요.」

그녀가 두려움을 내비치며 공손하게 웃었다.

「가생의 따님이죠, 아닙니까?」

「맞아요.」

그녀는 목소리가 어린아이 같았고, 어른의 물음에 답하는 얌전한 아이처럼 고분고분했다.

「아기 젖 먹이는데 방해해서 미안하오만, 그저께 사건이 일어났을 때 아가씨가 여기 있었으니, 혹시 그날 밤에 이 배에 올라온 사람이 없었는지 알고 싶소. 예를 들면, 에밀 뒤크로나……」

「맞아요.」

꿈에도 예상치 못한 대답이었다. 그래서 매그레는 그녀가 질문을 제대로 알아듣기나 한 건지 의심스러웠다.

「뒤크로가 그날 밤 여기 온 게 확실하오?」

「제가 문을 안 열어 줬어요.」

「그가 갑판 위로 올라왔소?」

「예. 제가 침대에 누우려는데 그가 불렀어요.」

매그레는 첫 번째 선실보다 비좁고 고정된 간이침대가 있는 두 번째 선실을 흘낏 쳐다보았다. 금발 처녀는 말을 하면서 아이를 부드럽게 젖가슴에서 떼어 낸 다음 턱에 묻은 젖을 닦아 주었다. 그러고는 블라우스 앞섶을 여몄다.

「그때가 몇 시쯤이었죠?」

「모르겠어요.」

「당신 아버지가 물에 빠지기 훨씬 전이었소?」

「모르겠어요.」

그녀는 뚜렷한 이유 없이 갑자기 불안해하더니 아기를 요람에 누이기 위해 일어섰다. 아기가 울려고 입을 삐죽거리자, 붉은색 고무젖꼭지를 물려 주었다.

「뒤크로를 잘 압니까?」

「예.」

그녀는 프라이팬의 불을 키웠고, 감자가 가득 든 냄비에 소금을 쳤다. 그녀의 움직임 하나하나를 눈으로 좇던 매그레는 문득 깨달았다. 아마도 그녀가 미치지는 않았겠지만, 그녀와 외부 세계 사이에는 베일이 있었다. 그녀의 모든 것이 뭔가를 덧댄 듯 부드럽게 완화되어 있었다. 몸짓, 목소리, 웃음까지. 왜냐하면 그녀가 방문객 앞을 지나가며 죄송하다는 의미로 살짝 웃었으니까.

「뒤크로가 여긴 뭐하러 왔죠?」

「늘 같은 거요!」

반장의 당혹감은 점점 더 커져 갔고, 그로 인해 손이 축축하게 젖어 왔다. 금발 처녀가 하는 말 한 마디 한 마디가 극적인 결과를 가져올 수도 있었다. 질문을 할 때마다 미스터리는 조금씩 풀려 갔지만, 매그레는 그녀에게 질문을 하기가 겁이 났다. 그녀는 자신이 무슨 말을 하는지 알기나 할까? 혹시 모든 질문에 그렇다고 대답하는 것은 아닐까?

「혹시 지금 아들 뒤크로 얘길 하는 거요?」 그가 시험 삼아 넌지시 물어보았다.

「장은 오지 않았어요.」

「그럼 당신한테 수작을 부린 게 아버지 뒤크로란 말이오?」

그녀는 잠시 매그레의 얼굴을 빤히 쳐다보다가 고개를 돌렸다. 그는 끝을 보고 싶었다. 한 걸음만 더 내디디면 새로운 사실을 발견할 수 있을 것 같았다.

「그가 여기 온 건 바로 그 때문이죠, 안 그렇소? 당신을 쫓아다니다가……」

그녀가 눈물을 보였기 때문에 그는 즉시 말을 중단했다. 더 이상 무슨 말을 해야 할지 알지 못했다.

「미안하게 됐소. 더 이상 그 생각은 하지 마시오.」

그녀가 아주 가까이 있었으므로 그는 무의식적으로 그녀의 어깨를 토닥여 주었다. 그게 실수였다! 그녀가 흠칫 놀라 뒷걸음질 치더니 두 번째 선실로 들어가 문을 잠가 버렸다. 그녀는 칸막이벽 건너편에서 계속 훌쩍였다. 이번에는 젖꼭지를 잃어버린 아기가 울음을 터뜨렸다. 매그레가 서툰 손놀림으로 다시 젖꼭지를 물려 주었다.

그곳을 나가는 것 외엔 달리 할 일이 없었다. 층계가 너무 낮아 매그레는 승강구 천장에 머리를 부딪쳤다. 갑판에서 가생 노인을 만나게 될 거라고 예상했지만, 바깥에는 키 근처에 식탁을 차려놓고 식사를 하다가 그가 가는 것을 바라본 이웃들밖에 없었다.

가생 노인은 강둑에도 없었다. 인도로 올라온 매그레는 자동차 한 대가 높다란 건물 앞에 멈춰 서는 것을 보았다. 힘이 중간 정도인 평범한 차로, 센에우아즈 번호판이 달려 있었다. 반장은 차에서 내리는 여자만 보고서도 많은 것을 알 수 있었다.

그 여자는 뒤크로의 딸이었다. 그녀는 아버지의 투박함과 활력을 고스란히 물려받은 것 같았다. 좁은 어깨에 짙은 색 정장 차림을 한 남편이 차 문을 닫고 열쇠를 주머니에 넣었다.

그런데 뭔가 잊고 내렸는지 이미 문턱에 다다른 여자가 돌아섰다. 남편이 열쇠를 꺼내 차 문을 열고는, 사람들이 환자에게 흔히 선물하는 스페인 건포도가 든 게 분명한 작은 상자를 꺼내 들었다.

부부가 말다툼을 하며 마침내 집 안으로 들어갔다. 그들은 천박하고 좀스러웠다.

전차 정류장의 녹색 판 아래 멈춰 선 매그레는 손을 흔들어 지나가는 전차에 신호를 보내는 것조차 깜빡했다. 머릿속이 정리되지 않은 생각들로 복잡했다. 그의 내부에는 서둘러 바로잡고 싶은 가벼운 불균형 같은 게 있었다. 물길 안내인들이 주점에서 나와 악수를 하고 헤어졌다. 그중 하나, 호탕하게 생긴 키 큰 청년이 매그레 쪽으로 걸어왔다. 그가 청년을 불러 세웠다.

「미안하지만, 뭐 하나 물어보고 싶은데……」

「전 그때 거기 없었습니다.」

「그 얘기가 아니오. 혹시 가생을 잘 아시오? 그 노인 딸이 돌보는 아기가 누구 아이요?」

청년이 웃음을 터뜨렸다.

「그 아가씨 아이가 아니에요!」

「확실하오?」

「그 애는 가생 노인이 어느 날 불쑥 데려왔어요. 그는 15년 전에 홀아비가 되었어요. 아마 북쪽 지방에 갔다가 카바레나 수문에서 만난 여자에게서 본 아이일 겁니다.」

「가생의 딸이 아이를 낳은 적은 없었소?」

「알린요? 그 아가씨 못 만나 보셨어요? 참, 그 아가씬 살살 대하셔야 할 겁니다. 보통 사람하고는 조금 다르거든요.」

행인들이 그들을 스치고 지나갔다. 뙤약볕 아래 서 있었기 때문에 매그레의 목덜미가 뜨겁게 달아올랐다.

「선량한 사람들이에요. 가생 노인이 술을 좀 과하게 마시긴 하지만, 그가 늘 오늘처럼 군다고 생각하시면 안 됩니다. 그저께 일로 충격을 받아서 그래요. 오늘 아침 일만 해도 반장님이 자신을 괴롭힐 거라고 생각해서 그랬던 거예요.」

키 큰 청년이 또다시 씩 웃었다. 그러고는 모자 가장자리를 잡아 인사를 하고 가버렸다. 매그레 역시 점심 식사를 해야 했다. 주변의 움직임이 변했다. 분쇄기가 멈춰 섰고, 오가는 차와 행인의 수도 완연히 줄었다. 수문 자체도 마치 느린 속도로 운행되는 것 같았다…….

물론 그는 다시 올 터였다. 그리고 이제 막 어떻게 돌아가는지 슬슬 감이 잡히기 시작하는 그 작은 세계에서 며칠을 보내게 될 터였다.

가생은 배로 돌아갔을까? 지금쯤 니스 칠을 한 선실에서 작은 장미꽃 무늬 식탁보를 앞에 두고 식사를 하고 있을까?

어쨌거나 뒤크로 집안 사람들은 말다툼을 벌이고 있을 게 분명했다. 스페인 건포도 따위로 뒤크로의 기분을 풀어 주기에는 역부족이었을 테니까.

왜 그랬는지는 모르지만 매그레는 주점으로 돌아갔다. 홀은 텅 비어 있었다. 주인과 그의 아내가 카운터 근처에서 스튜를 먹고 있었다. 시간이 없어 미처 치장을 하지 못한 키가 작고 꽤 예쁜 갈색 머리 여자였다. 포도주의 붉은색이 굽 없는 잔들에 비쳤다.

「벌써 돌아오셨어요?」 페르낭이 입을 닦으며 말했다.

사람들은 이미 매그레에게 적응해 있었다. 그는 자신이 누군지 밝힐 필요조차 없었다.

「적어도 그 어린것을 괴롭히진 않으셨겠죠? 이번에도 맥주? 이르마, 가서 시원한 맥주 좀 가져와.」

매그레는 바깥을 내다보았다. 항구 쪽이 아니라 맞은편 주점 쪽이었다.

「불쌍한 가생은 앓아눕고 말 거예요. 야밤에 물에 빠졌는데 누가 물귀신처럼 다리를 붙잡고 늘어지면 누구라도 넋이 반쯤은 나가고 말죠.」

「배로 돌아갔소?」

「아뇨. 저기 있어요.」

주인은 맞은편 주점을 가리켰다. 아직 술을 마시는 손님 넷 사이에서 완전히 취해 격한 몸짓을 해대는 가생이 보였다.

「저렇게 이 술집 저 술집을 오가며 마셔 대요.」

「마치 우는 것 같군.」

「예. 울고 있어요. 아침부터 아페리티프를 적어도 열다섯 잔은 마셨을 거예요. 작은 잔으로 비운 럼주를 빼고도요.」

주인 아내가 가져다준 맥주가 너무 차가워서 매그레는 한 모금씩 찔끔찔끔 마셔야 했다.

「그의 딸에겐 남자가 없었소?」

「알린요? 천만에요!」

알린이 남자와 관계를 가질 수 있다고 생각하는 것 자체가 세상에서 가장 엉뚱한 짓이라는 투였다. 그래도 매그레가 그녀든 다른 사람의 아이든 그녀가 아이에게 젖을 먹이는 것을 본 건 사실이고, 아버지 같은 그의 몸짓에 겁을 집어먹고 안쪽 선실로 달아나 문을 잠가 버린 것은 분명 젊은 엄마의 태도였다.

반장은 만취해 술잔에 코를 박고 눈물 흘리는 노인을, 요람 속의 아기를 생각하며 혼란에 빠져들었다.

「부녀가 여행을 많이 합니까?」

「매년.」

「데리고 있는 사람은 없고?」

「두 사람뿐이에요. 알린이 남자처럼 키를 조종하죠.」

곧게 뻗은 북쪽 지방의 수로, 그 편편하고 긴 물의 통로를 따라 줄지어 서 있는 백양목, 전원 속의 외딴 수문, 녹슨 크랭크 핸들, 접시꽃으로 장식한 초라한 집, 부리로 수문의 소용돌이치는 물속을 뒤지는 오리, 매그레는 그것들을 본 적이 있었다.

그는 하역 부두에 도착할 때까지 벌레가 리본을 갉아먹듯 매시간, 매일 수로를 조금씩 거슬러 올라가는 투아종 도르호를 상상했다. 알린은 키를 잡을 거고, 아기는 아마도 갑판 키 근처에 내놓을 요람에 누일 테고, 노인은 예인로를 따라 말들을 끌고 갈 터였다.

술꾼 노인, 살짝 미친 여자, 그리고 아기……

4

이튿날 아침 6시, 13번 전차에서 내린 매그레는 수문을 향해 걸어갔다. 에밀 뒤크로는 선원모를 쓰고 무거운 지팡이를 짚은 채 하역 부두에 벌써 나와 있었다.

지난 며칠간과 마찬가지로 그날 아침도 봄의 은덕에 힘입어, 파리의 공기 속에는 아이 같은 활기가 넘쳤다. 사물들과 사람들, 문들 앞에 놓인 우유병, 좌판을 펼쳐 놓은 흰 앞치마 차림의 유제품 장수, 레알 시장에 왔다가 시든 배춧잎을 흘리며 돌아가는 트럭, 그 모두가 평화와 삶의 기쁨을 나타내는 상징들 같았다.

햇빛을 받아 전면이 황금빛으로 물든 높다란 건물의 한 창에서 허공에 대고 걸레를 털고 있는 뒤크로의 하녀도 그런 상징 중 하나가 아니었을까? 그녀 뒤로, 어두컴컴한 거실에서 머리에 마드라스 숄을 두르고 오락가락하는 뒤크로 부인이 보였다.

3층의 덧창들은 아직 닫혀 있었다. 스며든 햇빛으로 줄무늬가 진 로즈의 침대, 팔을 접어 베고 늘어지게 자고 있는 젊은 정부의 축축하게 젖은 겨드랑이를 상상할 수 있었다. 그날 이미 그녀와 같은 층으로 방을 옮긴 뒤크로가 수문 갑실에서 나와 센 강의 흐름 속으로 미끄러지는 한 바지선의 선장에게 뭐라고 소리치고 있었다. 그가 매그레를 봤다. 그러더니 주머니에서 큼지막한 금시계를 꺼내 들여다봤다.

「내 생각이 틀리지 않았군. 당신은 나랑 같은 종이오.」

반장 역시 기질상 다른 사람들의 일을 효율적으로 조정하기 위해 일찍 일어나는 사람이라는 뜻이었을까?

「잠시 기다려 주겠소?」

그는 어깨가 워낙 넓어서 몸집이 거의 사각형처럼 보였다. 사실 상체에 붕대를 감고 있을 터였다. 하지만 그는 활기에 넘쳤고, 매그레는 그가 수문 벽에서 1미터 이상 아래쪽에 있는 바지선의 갑판으로 훌쩍 뛰어내리는 모습을 보았다.

「어이, 모리스. 샬리페르 위쪽에서 에글 4호는 만났나? 담배는 받아서 실었대?」

그는 대답에는 거의 귀를 기울이지 않았다. 필요한 말을 듣는 즉시 뭐라고 웅얼거려 인사를 하고는 다른 배에 대고 소리쳤다.

「르뱅 터널에서 발생한 사고는 어떻게 됐어?」

알린은 투아종 도르호의 갑판 위, 키 근처에 앉아 멍하니 앞만 바라보며 커피를 갈고 있었다. 매그레가 그녀를 알아보자마자, 뒤크로가 짧은 파이프를 물고 그 앞에 우뚝 섰다.

「어떻게 돌아가는지 감이 좀 잡히기 시작합니까?」

그의 턱짓으로 보아 그가 사건이 아니라 항구와 수문의 움직임에 대해 말하고 있음을 알 수 있었다. 그는 전날보다 훨씬 쾌활했고, 머릿속도 덜 복잡한 듯 보였다.

「보다시피, 물이 이곳에서 갈라져 센 강으로 흘러듭니다. 여긴 마른 수로예요. 저 너머에 마른 강이 있는데, 거긴 배가 안 다니죠. 이리로 쭉 가면 오트 센 강이 나오는데, 부르고뉴, 루아르 강, 리옹, 마르세유로 이어져요. 바스 센 강은 루앙을 거쳐 르아브르로 흘러가고요. 〈제네랄〉과 〈콩파니 데 카노 뒤 상트르〉, 이 두 회사가 운하업계를 양분하고 있어요. 하지만 이 수문부터 벨기에, 네덜란드, 자르 강까지는 이 뒤크로가 꽉 잡고 있다오!」

풍경을 붉게 물들이며 해가 뜨고 있었다. 일출을 바라보는 그의 눈은 푸르렀고 안색은 밝았다.

「내 집 주변에 옹기종기 모여 있는 저 집들, 저거 다 내 겁니다. 주점, 단독 주택들, 작은 댄스홀까지 포함해서! 저기 보이는 기중기 세 대와 분쇄기도! 게다가 인도교 너머에 있는 선박 수리소들까지.」

그가 기쁨을 들이마셨다.

「사람들 말이 모두 합해 4천만 프랑은 될 거라더군요.」 매그레가 말했다.

「잘못 아셨소이다. 거의 5천만이니까. 참, 형사들이 어제 뭐 좀 알아냈답니까?」

그는 이렇게 물으면서도 몹시 즐거워했다. 실제로 매그레는 형사 셋을 풀어 샤랑통이든 어디든 돌아다니면서 뒤크로와 그의 가족, 그리고 사건과 관계가 있는 사람들에 대한 세세한 정보를 물어 오게 했었다.

수확은 보잘것없었다. 샤랑통의 술집에서는 공격을 당한 날 밤 뒤크로가 거기 왔었다고 확인해 주었다. 그는 그곳에 자주 들렀다. 술을 사고, 아가씨들에게 짓궂은 장난을 하고, 이런저런 이야기를 늘어놓고, 많은 경우 더 이상은 요구하지 않은 채 훌쩍 가버렸다.

그의 아들 장에 대해서는 그 지역 주민들도 아는 게 거의 없었다. 그는 공부하는 학생이었고, 거의 외출을 하지 않았다. 생긴 게 영락없는 부잣집 도련님이었고, 건강이 별로 좋지 않았다.

「참, 아드님이 작년에 저 배에서 석 달을 보냈다면서요?」 매그레가 투아종 도르호를 가리키며 물었다.

움찔하지는 않았지만, 뒤크로의 표정이 좀 더 심각해

진 듯 보였다.

「그렇소.」

「병에 걸렸었나요?」

「과로였소. 의사가 공기 좋은 곳에서 휴식을 취하는 게 좋겠다고 하더군요. 그때 마침 투아종 도르호가 알자스로 출발했고.」

알린이 커피 가는 기계를 들고 선실로 들어갔다. 뒤크로가 기중기 기사에게 명령을 내리기 위해 잠시 자리를 떴다. 그들이 주고받는 말이 들려왔다.

아들과 사위에 대한 정보도 별것 없었다. 드샤름 대위는 르망 출신 회계원의 아들이었다. 딸 부부는 베르사유 교외에 있는 아담한 새 집에 거주하고 있었다. 연락병이 매일 아침 대위의 말을 끌고 왔고, 또 다른 연락병이 집 안 청소를 했다.

「파리로 돌아갈 겁니까?」 뒤크로가 돌아오며 물었다. 「매일 아침 강둑을 따라 산책을 하는데, 마음이 내키면 같이 가시든가.」

그가 자기 집 쪽을 흘깃 쳐다보았다. 7층의 천창들은 여전히 닫혀 있었고, 커튼도 드리워져 있었다. 지나가는 전차마다 만원이었다. 채소를 가득 싣고 파리에서 출발한 소형 트럭들이 장터로 달려갔다.

「자넬 믿어도 되겠지?」 뒤크로가 수문지기에게 외쳤다.

「그럼요, 보스.」

뒤크로는 공무원이 자기를 〈보스〉라고 부른 사실을 강조하기 위해 매그레에게 슬쩍 윙크를 했다.

이제 두 사람은 배들이 행렬을 이루고, 강폭 전체를 이용해 뱃머리를 돌리고, 스크루를 힘차게 돌려 상류나 하류로 미끄러지는 센 강을 따라 거닐고 있었다.

「내가 어떻게 돈을 벌었는지 아시오? 내 예인선들이 놀고 있을 때 그것들을 써먹을 수 있는 방법이 없을까 궁리해 봤다오. 그래서 모래 채굴장과 활석 채석장을 샀지. 나중에는 매물로 나온 모든 것을, 물가에 있기만 하다면 벽돌 공장까지 사들였다오!」

그가 다가오는 선원과 악수를 나누었고, 선원은 이렇게 웅얼거리고 지나갔다.

「안녕하세요, 미밀.」

베르시의 문에 큰 통들이 쌓여 있었고, 그 포도주 도시의 철책이 보였다.

「저 안에 있는 샴페인이란 샴페인은 모조리 다 내가 운반한 거라오. 어이, 피에로, 뮈리의 배가 샤토 티에리에서 교각에 걸렸다던데 사실이야?」

「사실입니다, 보스.」

「나중에 보게 되면 내가 고소해하더라고 전해 줘!」

그가 껄껄 웃으며 다시 걸음을 옮겼다. 강 건너편에 솟아 있는 〈마가쟁 제네뢰〉의 거대한 콘크리트 건물들이 직선으로 그려졌고, 런던과 암스테르담에서 온 화물선 두 척이 파리 한가운데에 바다의 색조를 부여했다.

「물어봐도 될지 모르겠지만, 수사를 어떻게 해나갈 작정입니까?」

이번에는 매그레가 웃을 차례였다. 그 산책에는 그 질문을 끄집어내는 것 외에 다른 목적이 없는 것 같았으니까. 뒤크로도 그것을 알아차린 것 같았다. 그는 매그레가 자신의 생각을 읽고 있다고 느꼈다. 그래서 이번에는 그가 자조 섞인 가벼운 미소를 지었다. 자신의 순진함이 가소롭다는 듯.

「보시다시피 이런 식으로 쭉!」 한가롭게 산책을 즐기는 자신의 거동을 강조하며 반장이 대답했다.

그들은 푸른빛과 붉은빛에 잠겨 있는 노트르담 성당이 희미하게 보이는 불꽃놀이 같은 광경 속에 거대한 고철을 과시하며 우뚝 서 있는 오스테를리츠 다리만을 응시한 채 말없이 4백 미터가량을 걸었다.

「어이, 바셰, 자네 동생 배가 고장이 나서 라르지쿠르에 멈춰 서 있다네. 그래서 세례가 연기됐다고 전해 달라는군.」

뒤크로는 일정한 보폭으로 계속 걸었다. 그가 매그레를 슬쩍 쳐다보고는 말이 헛나온 척하며 불쑥 물었다.

「반장 정도면 보수를 얼마나 받소?」

「얼마 못 받아요.」

「6만 프랑?」

「훨씬 적어요.」

뒤크로는 눈썹을 찡그리고 또다시 매그레를 쳐다보았다. 이번에는 호기심만큼의 찬탄이 어린 눈길로.

「내 아내에 대해 어떻게 생각하시오? 내가 그녀를 불행하게 만든다고 생각하시오?」

「천만에요! 누굴 만났어도 마찬가지였을 겁니다! 운명과는 상관없이, 늘 존재감이 없고 슬퍼 보이는 그런 여자들이 있죠.」

매그레가 상대방의 허를 찌른 것이었다. 뒤크로는 놀라서 입을 다물지 못했다.

「그래요, 침울하고 멍청하고 천박한 여자죠.」 그가 한숨을 쉬며 말했다. 「눈물로 평생을 보낸 장모랑 똑같아요! 내가 장만해 준 이웃의 작은 집들 중 하나에서 지내고 있죠. 저기 봐요, 저 분쇄기도 내 겁니다. 파리항에서 가장 힘이 좋은 놈이죠……. 근데, 어떤 단서를 쫓고 있습니까?」

「모든 단서요.」

그들은 강과 강둑의 소란 속을 계속 걸어갔다. 아침 공기에서 물과 타르 냄새가 났다. 그들은 때때로 기중기를 우회하거나 트럭이 지나갈 때까지 기다려야 했다.

「투아종 도르호에 갔었소?」

뒤크로가 다른 질문을 던질 때보다 훨씬 오래 망설인 끝에 물었다. 그러고는 곧 배들의 행렬에 정신이 팔린 척했다. 게다가 그건 하나마나 한 질문이었다. 그가 창문으로 매그레가 그 배로 올라가는 것을 지켜보고 있었기 때문이었다. 반장 역시 이렇게 대답하는 것으로 만족했다.

「어린 엄마가 좀 이상하더군요.」

그 효과는 놀라웠다. 뒤크로가 별안간 걸음을 멈췄다. 짤막한 다리, 부어오른 듯 굵은 목, 그는 금방이라도 돌진하려는 황소 같았다.

「누가 그러던가요?」

「누구한테 들은 게 아닙니다. 직접 만나 봤어요.」

「그래서요?」 그가 뒷짐을 지고 눈썹을 찌푸린 채 무슨 말이라도 하기 위해 말했다.

「그냥 그렇더라는 겁니다.」

「그 아이가 뭐라던가요?」

「당신이 찾아왔었다고 하더군요.」

「그게 답니까?」

「문을 열어 주지 않았다고도 하더군요. 가생 노인과 절친한 친구 사이라고 말하지 않았던가요? 뒤크로 씨, 내가 보기에는……」

그때 뒤크로가 갑자기 성질을 내며 으르렁거렸다.

「정신 나간 놈! 내가 붙잡지 않았다면 반장 다리가 저 통에 부딪혀 부러질 뻔했소…….」

그러고는 술통을 굴리는 인부 쪽을 돌아보며 고함을 질렀다.

「조심 좀 못 해, 이 멍청한 놈아!」

그와 동시에 그는 파이프를 구두 뒤축에 대고 쳐서 타 버린 담배를 털어 냈다.

「확신하건대, 당신은 그 아이가 내 아이라고 생각했을 거요……. 솔직히 털어놔 봐요! 내가 난봉꾼이라는 평판을 얻고 있는 만큼 더더욱! 하지만 반장, 이번에는 완전히 잘못 짚었소.」

목소리가 그새 상당히 누그러져 있었다. 태도 또한 얼마 전부터 현저히 달라져 있었다. 냉혹함과 자기 확신이 한풀 꺾였다는 게 느껴졌다. 영지를 구경시켜 주는 영주의 자부심은 더 이상 찾아볼 수 없었다.

「자식이 있소?」 뒤크로가 매그레 쪽을 곁눈질하며 물었다.

「딸이 하나 있었는데, 어린 나이에 죽었어요.」

「난 있소! 잠깐! 당신에게 입 다물 것을 약속해 달라고 요구하진 않겠소. 왜냐하면 불행하게도 당신이 단 한 마디라도 벙긋한다면 내가 당신 얼굴을 작살내 놓을 테니

까. 내겐 당신도 알고 있는 자식 둘이 있소. 제 어미만큼
이나 한심한 딸년, 그리고 아들놈. 그놈, 아직은 모르겠지
만 뭔가 될 녀석은 아닌 것 같소. 만나 보셨소? 아직? 착
하고, 소심하고, 예절 바르고, 정 많고, 하지만 몸이 약해
서 비실비실하다오! 근데, 내겐 딸이 또 하나 있소. 방금
가생에 대해 말했죠? 좋은 친구지. 그에게 놀라운 아내가
있었는데, 내가 그녀와 잤소. 그는 아무것도 모르오. 혹
시라도 알게 된다면 무슨 짓을 저지를지 몰라요. 파리에
올 때마다 꽃을 들고 아내의 무덤부터 찾는 친구니까. 장
장 16년이 흘렀는데도!」

　그들은 투르넬 다리를 건너 시골의 평화로움에 잠겨
있는 생루이 섬으로 들어갔다. 선원 모자를 쓴 남자 하나
가 그들이 지나친 카페에서 나오다가 뒤크로를 보고 달
려왔다. 둘이 잠시 대화를 나누는 동안 매그레는 멀찌감
치 떨어져 있었다. 그동안 망막에 어느 때보다 더 비현실
적인 알린의 모습이 끊임없이 떠올랐다.

　조금 전에도 그는 반짝이는 수로 위를 미끄러지는 투
아종 도르호, 키를 잡고 있는 금발 처녀, 말을 모는 노인,
갑판에 걸어 놓은 해먹이나 송진 냄새가 밴 뜨거운 바닥
에 누워 있는 공부밖에 모르는 회복기의 병약한 청년을
떠올렸었다.

　「그럼 다음 주 일요일로 알고 있겠네.」 뒤쪽에서 뒤크

로의 목소리가 외쳤다.

그는 매그레에게 덧붙였다.

「같은 배를 장장 30년간 탄 선원이 있는데, 사람들이 그를 위해 노장에서 조촐한 축하 파티를 연답니다.」

뒤크로가 더운지 손부채질을 했다. 걷기 시작한 지 한 시간이 훌쩍 넘었다. 상인들이 가게 차양을 올렸고, 지각한 타자수들이 인도를 뛰어다녔다.

뒤크로는 더 이상 아무 말도 하지 않았다. 아무래도 매그레가 중단된 곳에서 대화를 다시 이어 주길 기다리는 눈치였다. 하지만 반장은 딴생각에 빠진 듯 보였다.

「이렇게 멀리까지 데려와서 미안하오. 퐁뇌프 한가운데에 〈타바 앙리 IV〉라는 카페가 있는데 아시오? 파리수사국에서 멀지 않아요. 하지만 내 장담컨대 그곳이 여느 카페와는 다르다는 걸 전혀 눈치채지 못했을 겁니다. 대여섯 명, 간혹 더 많은 수의 사람들이 매일 그곳에 모인다오. 일종의 용선자(用船者) 조합이라 할 수 있죠.」

「알린이 미친 지 오래됐나요?」

「그 아인 미치지 않았소. 당신이 그 아일 잘못 봤거나, 아니면 그 방면으로는 아무것도 모르거나, 둘 중 하나요. 미친 게 아니라 발달이 지체된 겁니다. 그래요, 의사가 아주 상세히 설명해 주더군요. 나이가 열아홉 살인데, 정신 연령은 기껏해야 열 살이랍니다. 하지만 그 아인 잃어버

72

린 시간을 따라잡을 수 있어요. 그때 희망을 걸기도 했
죠…… 출산 때…….」

그는 부끄러운 듯 그 말을 아주 나지막이 뱉었다.

「그녀도 당신이 자기 아버지라는 사실을 압니까?」

그가 소스라치더니 낯을 붉혔다.

「그 아이한테는 입도 벙긋하지 마시오! 우선은 그 아이
가 안 믿을 거고, 그다음으로는 어떠한 일이 있어도……
알아들으시겠소, 절대 가생이 눈치를 채서는 안 되오!」

가생 노인이 그 전날처럼 일찍 일어났다면 그 시각쯤
두 주점 중 하나에서 이미 취해 있을 터였다.

「그가 의심을 품은 적은?」

「전혀 없어요. 확신합니다.」

「다른 사람들도?」

「나 말고는 아무도 몰라요.」

「선적이나 하역을 할 때 투아종 도르호가 다른 배들보
다 항구에 더 오래 머무는 것도 그 때문입니까?」

너무나 불 보듯 뻔한 일이라 뒤크로는 어깨를 으쓱하
는 것으로 그쳤다. 그러고는 어조와 표정을 바꾸며 말
했다.

「시가 한 대 피우겠소? 그 얘기는 이제 그만합시다, 어
떻소?」

「하지만 그게 사건의 발단이라면?」

「그럴 리가 없소!」

그는 거의 위협적일 정도로 단호히 부정했다.

「오래 안 걸리니까 나랑 잠시 들어갑시다.」

그들은 어느새 타바 앙리 IV에 도착했다. 카운터에 팔꿈치를 괴고 있는 손님들은 대부분 선원이었다. 하지만 칸막이벽에 의해 분리된 방이 또 하나 있었다. 거기서 뤼크로는 몇몇 고객들과 악수를 나누었다. 그들에게 매그레를 소개하지는 않았다.

「누가 샤를루아의 석탄을 52프랑에 운반해 주겠다고 했다던데 사실이오?」

「모터선 세 척을 가진 벨기에 사람이 그랬다더군요.」

「보이! 여기 백포도주 반 병. 백포도주 드시죠?」

매그레가 고개를 끄덕이고 파이프를 물었다. 그러고는 오가는 대화를 건성으로 들으며 퐁뇌프를 건너는 사람과 차들을 구경했다.

그가 어디선가 비정상적인 소음이 들려온다는 걸 알아차리는 데에는 시간이 약간 필요했다. 그것이 뱃고동 소리라는 걸 깨닫는 데에는 더 오랜 시간이 걸렸다. 뱃고동은 다리를 지날 때 늘 그렇듯 짧게 두세 번 정도 울리는 게 아니라, 지나가던 행인들이 매그레만큼이나 놀라 발걸음을 멈출 정도로 길게 울렸다.

카페 주인이 가장 먼저 고개를 들었다. 선원 둘이 주인을 따라 매그레가 버티고 서 있는 가게 문턱까지 나왔다.

강의 흐름을 타고 쏜살같이 내려온 디젤 모터 바지선 한 척이 퐁뇌프의 아치들이 보이는 곳에서 속력을 늦추고 배를 멈추기 위해 후진을 했다. 그 와중에도 뱃고동은 계속 울려 댔다. 여자가 키를 잡고 있는 동안, 남자가 보트에 훌쩍 뛰어내리더니 급히 노를 저어 강기슭으로 다가왔다.

「프랑수아잖아!」 한 선원이 말했다.

그들은 일제히 강둑까지 걸어갔고, 남자가 배를 갖다 댔을 때는 강둑 돌 벽 위에 서 있었다. 키를 잡은 여자는 강둑을 따라 긴 배를 일직선으로 유지하려고 용을 쓰고 있었다.

「보스 여기 계셔?」

「응, 카페에.」

「보스한테 알려야 해, 넌지시, 뭐랄까, 너무 급작스럽게는 말고, 아드님이……」

「뭐……?」

「……사람들이 그가 죽어 있는 것을 발견했어……. 저쪽에선 지금 난리가 났어. 보아하니 아무래도……」

사내가 양손으로 목을 조르는 시늉을 해 보였다. 그가 구태여 말하지 않아도 무슨 일이 벌어졌는지 짐작할 수 있었다. 게다가 바지선이 비스듬히 길을 막고 있었기 때문에 상행 예인선이 고동을 울려 댔다. 선원이 서둘러 노를 저어 바지선으로 돌아갔다.

다리 위에서 걸음을 멈추고 내려다보던 사람들은 이미 제 갈 길을 가고 있었다. 하지만 아연실색한 표정으로 강둑 위에 남아 있던 세 사람은 어쩔 줄 몰라 서로 쳐다보고만 있었다.

그들이 타바 앙리 IV 문턱에 나와 무슨 일인지 살피는 뒤크로를 봤을 때 그 당혹감은 더욱 커졌다.

「나한테 온 전갈인가?」

급한 전갈은 으레 그에게 온 것이었으니까! 그는 물의 세계를 지배하는 대여섯 거물 중 하나가 아닌가!

매그레는 그들이 알아서 하게 내버려 뒀다. 팔꿈치로 서로 툭툭 쳐가며 망설이던 사내 중 하나가 결국 더듬으며 말했다.

「사장님, 빨리 가보셔야 할 것 같습니다. 일이……」

뒤크로가 이마를 찌푸린 채 매그레를 쳐다보았다.

「대체 무슨 일이야?」

「보스 댁에서……」

「그래! 내 집에서 뭐?」

그가 버럭 화를 냈다. 그들 모두를 의심하는 것처럼 보였다.

「장 도련님이……」

「장이 뭐? 어서 말해 봐, 멍청한 놈!」

「돌아가셨습니다.」

그들은 태양이 내리쬐는 퐁뇌프 중앙의 카페 문간에 서 있었다. 카운터에는 금빛 포도주 잔들이 아직 놓여 있었고, 카페 주인은 셔츠 소매를 걷어붙였으며, 진열창에는 알록달록한 담뱃갑들이 진열되어 있었다.

뒤크로는 무슨 말인지 못 알아들은 사람처럼 텅 빈 눈길로 주변을 둘러보았다. 그의 가슴이 부풀어 올랐다. 하지만 터져 나온 건 빈정거림뿐이었다.

「말 같지도 않은 소리!」

하지만 동시에 눈꺼풀이 촉촉이 젖어 들었다.

「하류로 내려가는 프랑수아가 배를 세우고는⋯⋯.」

이 키 작은 남자는 마치 탱크 같았다. 어느 누구도 감히 불쌍히 여기지 못할 정도로 체격이 좋고 단단했다. 그렇지만 그는 비탄에 잠긴 눈망울로 매그레 쪽을 돌아보며 훌쩍이고는 조금 전까지 얘길 나누던 용선자들을 향해 외쳤다.

「난 42프랑에 해주겠소!」

이렇게 큰소리를 치면서, 자신은 어떠한 일에도 흔들리지 않는다는 것을 매그레에게 보여 주며 그는 얼굴에 유치하고 가련한 치기를 드러냈다. 그가 팔을 들어 붉은 택시를 세웠다. 그는 반장에게 차에 타라고 말하지도 않았다. 그는 그것을 당연하게 여겼다. 말을 하지 않는 것 역시!

「샤랑통 수문으로 갑시다!」

그들은 한 시간 전만 해도 뒤크로가 배 하나하나, 계선 고리 하나하나에 대해 이야기해 주던 센 강을 거슬러 올라갔다. 뒤크로는 여전히 센 강을 바라보고 있었지만, 강은 이미 눈에 들어오지 않았다. 택시가 베르시의 철책에 도달했을 때, 마침내 그가 폭발했다.

「바보 머저리 같은 놈!」

그는 마지막 음절을 내뱉지 못했다. 목구멍에 울컥 터져 나오려는 울음이 걸려 있었다. 그는 집 문턱에 도달할 때까지 그것을 억지로 삼켰다.

항구는 어딘지 모르게 달라져 있었다. 택시 유리창을 통해 뒤크로를 알아본 사람들이 그를 쳐다보았다. 수문 지기가 크랭크 핸들을 놓고 모자를 벗어 들었다. 마치 삶이 정지된 것처럼 인부들도 부두에 서 있었다. 작업반장 하나가 집 문간에서 기다리고 있었다.

「분쇄기를 정지시킨 게 자네야?」

「제 짧은 생각으로는…….」

뒤크로가 먼저 층계를 올라갔고, 매그레가 그 뒤를 따랐다. 위에서 발소리와 목소리들이 들려왔다. 2층 문 하나가 벌컥 열리더니 잔 뒤크로가 남편의 품으로 달려들었다. 그녀는 제대로 서 있지도 못했다. 뒤크로는 그녀를 일으켜 세우고 앉힐 곳을 찾다가 옆에서 훌쩍이고 있는 뚱뚱한 이웃 여자의 품에 짐짝처럼 내맡겼다.

그는 계속 올라갔다. 이상하게도 그는 매그레가 계속 따라오는지 확인하기 위해 매번 돌아보았다. 그들은 4층과 5층 사이에서 내려오고 있는 현지 경찰 반장과 마주쳤다. 그가 모자를 손에 들고 우물거렸다.

「뒤크로 씨, 삼가 조의를⋯⋯.」

「빌어먹을!」

뒤크로가 그를 옆으로 밀치고 계속 올라갔다.

「반장, 저는⋯⋯.」

「나중에 봅시다.」 매그레가 말했다.

「그가 편지를 남겼어요⋯⋯.」

「이리 주시오!」

매그레가 편지를 말 그대로 잡아채다시피 해서 주머니에 쑤셔 넣었다. 정작 중요한 건 단 하나, 헐떡거리며 계단을 오르고 있는 사내뿐이었다. 뒤크로는 구리 손잡이가 달린 문 앞에 멈춰 섰고, 안에서 곧 누가 문을 열었다.

지붕 바로 아래 방이었다. 위에서 빛이 쏟아져 내렸고, 태양 광선들 속에서 미세한 먼지들이 반짝이며 떠다녔다. 방에는 책이 쌓여 있는 탁자 하나, 아버지의 것처럼 붉은 벨벳을 씌운 안락의자 하나가 있었다.

의사가 탁자에 앉아 첫 조서에 서명을 하고 있었다. 뒤크로는 의사가 미처 말리기도 전에 아들의 시신을 덮은 시트를 걷어 냈다.

단 한 마디도, 아무것도 없었다. 뒤크로는 설명할 수 없는 광경을 앞에 둔 것처럼 크게 놀란 듯 보였다. 아닌 게 아니라 그것은 설명할 수 없는 광경이었다. 가는 줄무늬가 있는 푸른 천 잠옷의 깊이 파인 옷깃 사이로 지나치게 하얀 가슴을 드러내고 있는 그 크고 야윈 청년에게서는 묘한 슬픔이 느껴졌다. 목에는 시퍼런 멍 자국이 넓게 남아 있었고, 얼굴 표정은 참혹할 정도로 뒤틀려 있었다.

뒤크로가 아들을 안아 주려는 듯 앞으로 나아갔다. 하지만 그는 그렇게 하지 않았다. 마치 두려워하는 것 같았다. 그는 눈길을 돌려 천장과 문가에서 뭔가를 찾았다.

「천장에 줄을 맸습니다.」 의사가 낮은 목소리로 말했다.

장은 새벽에 목을 맸다. 그를 발견한 건 매일 그에게 아침 식사를 가져다주는 뒤크로 부부의 하녀였다.

바로 그 순간, 뒤크로가 어떤 일이 닥쳐도 흔들리지 않는다는 것을 증명이라도 하듯 매그레에게 손을 내밀며 말했다.

「편지!」

그러니까 그는 헉헉대며 층계를 올라오면서도 모든 것을 보고 들었던 것이다!

반장이 주머니에서 편지를 꺼냈다. 편지를 잡아챈 뒤 크로가 한눈에 읽어 보고는 맥이 빠진다는 듯 양팔을 늘어뜨렸다.

「어떻게 이 정도로 멍청할 수가 있지?」

그게 다였다. 그리고 그게 바로 그의 생각이었다. 가슴 밑바닥에서 솟아오른 그 말은 기나긴 한탄보다 더 비극적이었다.

「그러고 있지 말고 읽어 보시오!」

그는 바닥에 떨어진 편지를 빨리 줍지 않는 매그레에게 버럭 화를 냈다.

아버지를 공격한 건 바로 접니다. 그래서 스스로 목숨을 끊습니다. 모두에게 죄송합니다. 엄마는 절망하지 마시기를.

장

뒤크로가 또다시 킥킥 억눌린 웃음소리를 냈다.

「상상이 되시오?」

의사가 시트로 다시 시신을 덮었을 때 그는 아무 말도 하지 않았다. 그는 거기 있어야 할지 내려가야 할지, 앉아야 할지 걸어야 할지 더 이상 알지 못했다.

「이건 사실이 아냐!」 그가 또다시 말했다.

그가 마침내 매그레의 어깨에 무겁고 지친 큼지막한 손을 올려놓았다.

「목말라!」

그의 두 뺨은 시퍼렇게 질렸고, 이마에선 식은땀이 흘러내렸으며, 관자놀이에는 머리카락들이 들러붙어 있었다. 기절한 사람을 깨울 때 사용하는 에테르 냄새가 방 안을 가득 메우고 있었다.

5

이튿날, 매그레는 9시가 조금 못 되어 수사국에 도착
했다. 사환이 누가 전화로 그를 찾았다고 전해 주었다.

「이름은 안 밝히고 다시 걸겠다고만 했어요.」

우편물 더미 위에 업무를 보고하는 짧은 메모 한 장이
놓여 있었다.

샤랑통의 수문지기 보조가 오늘 아침 수문 상류 쪽
문에서 목을 맨 채 발견됐습니다.

매그레는 놀랄 시간조차 없었다. 바로 그때 전화벨이
울렸기 때문이다. 그가 투덜대며 수화기를 들었다. 그는
수화기 저쪽에서 말하는 사람의 목소리를 알아듣고 적잖
이 놀랐다. 목소리는 정중했고, 전혀 뜻밖의 소심함이 살
짝 묻어 있기까지 했다.

「여보세요! 반장이오? 나, 뒤크로입니다. 지금 당장 날 만나러 와줄 수 있겠소? 내가 그쪽으로 갈 수도 있지만 아무래도 당신이 이쪽으로 오는 게 나을 것 같아요. 여보세요! 난 지금 샤랑통이 아니라 셀레스탱 강둑 33번지에 있는 사무실이오. 오겠다고요? 고맙소!」

열흘 전부터 매일 아침 뜨는 해에서는 덜 익은 까치밥 나무 열매의 떫은 뒷맛이 느껴졌다. 센 강 주변은 다른 곳보다 더 봄기운이 완연했다. 셀레스탱 강둑에 도착한 매그레는 먼지가 자욱하게 내려앉은 헌책 장수의 책 상자를 뒤지는 한 대학생과 몇몇 노신사들을 부러운 눈길로 바라보았다.

33번지에는 입구에 입주 회사를 알리는 여러 개의 동판이 붙어 있는, 이미 많이 낡은 3층 건물이 서 있었다. 내부로 들어서자, 사무실로 개조한 작은 관저들 특유의 분위기가 지배했다. 문마다 무슨 〈금고〉, 〈사무국〉 등등의 표지판이 붙어 있었다. 반장 맞은편에 2층으로 난 층계 하나가 있었다. 매그레가 문의할 사람을 찾고 있는데, 그 층계 끝에서 뒤크로가 모습을 드러냈다.

「이쪽으로 오시겠소?」

그는 사무실로 개조하긴 했지만 공들여 세공한 천장, 창 사이의 벽, 금박 장식들이 너무 오래되고 낡아 밝은색 나무 가구들과 영 어울리지 않는 샬롱으로 방문객을 안

내했다.

「동판들을 읽어 봤소?」의자 하나를 가리키며 뒤크로
가 물었다. 「아래층은 마른 강 유역 채석장 관련 회사, 여
긴 예인선 관련 사업, 그리고 위층은 하천 운송 관련 업
무, 말하자면 모두 뒤크로죠!」

하지만 그는 이렇게 말하면서도 별로 자랑스러워하지
않았다. 마치 그것들이 이미 과거지사에 지나지 않는다
는 듯. 그는 빛을 등지고 앉았고, 매그레는 푸른색의 투
박한 직물로 된 그의 상의에 크레이프 상장(喪章)이 둘려
있는 것을 보았다. 그는 면도도 안 한 상태였고, 얼굴 살
은 그사이 더 처진 것 같았다.

그가 잠시 아무 말 없이 꺼진 파이프를 만지작거렸다.
매그레가 두 명의 뒤크로가 있다는 사실을 깨달은 건 바
로 그 순간이었다. 심지어 자기 자신에게도 으스대고, 큰
소리를 쳐대고, 끝없는 연극으로 자신을 부풀리는 뒤크
로, 그리고 문득 자신이 살아가는 모습을 예의주시하는
걸 까맣게 잊어버리는, 아주 소심하고 서툰 남자에 불과
한 뒤크로.

하지만 그로서는 모든 것을 체념하고 그 유약한 뒤크
로로 돌아가기는 어려웠을 것이다! 현실을 뛰어넘는 용
기와 인내력, 그에게 그것은 필수였다. 이미 그의 눈에서
는 새로운 과시를 예고하는 불꽃이 튀고 있었다.

「난 이곳에는 될 수 있으면 안 옵니다. 여기 일을 할 만한 얼간이들이야 얼마든지 있으니까. 근데, 오늘 아침에는 마땅히 갈 곳이 없더군요.」

그는 매그레의 침묵과 수동적인 태도를 못마땅해했다. 자기 역할을 하기 위해서는 말을 척척 받아 주는 상대가 필요했으니까.

「내가 지난밤을 어디서 보냈는지 아시오? 리볼리 가에 있는 한 호텔에서 보냈소! 물론, 마누라의 노모, 딸년과 사위 놈, 거기다 이웃들까지 떼 지어 집으로 몰려들었기 때문이오! 장례식이랍시고 카니발을 벌이기에 박차고 나와 버렸소이다!」

그것은 그의 솔직한 심정이었다. 그는 특히 카니발이라는 단어에 만족스러워했다.

「여기저기 돌아다녔는데, 나 자신이 혐오스럽습디다. 그런 혐오감, 반장은 한 번도 느껴 본 적 없소?」

그가 갑자기 탁자에서 며칠 된 신문을 집더니 일어나 매그레 곁에 와서 섰다. 그러고는 손톱으로 한 단신을 가리키며 신문을 매그레의 눈앞에 들이댔다.

「읽어 봤소?」

파리 수사국 기동 수사대 반장 매그레가 정년이 아직 멀었는데도 은퇴를 신청해 당국으로부터 허락을 받았다. 그는 다음 주에 수사국을 떠나고, 그의 자리는 르당 반장이 이어받을 것으로 보인다.

「그래서요?」 매그레가 의외라는 표정을 지으며 물었다.

「며칠 남았소? 이제 엿새 남았죠, 아니오?」

그는 다시 앉지 않았다. 좀 걸을 필요가 있었다. 그래서 조끼 옷깃에 손가락을 꽂은 채 때로는 창문을 등지고, 때로는 창문을 마주 보며 방 안을 오락가락했다.

「어제 내가 얼마나 받고 일하는지 물었던 거 기억나시오? 오늘은 이렇게 말하고 싶군요. 난 당신이 생각하는 것보다 당신을 훨씬 더 잘 알고 있다고. 다음 주부터 나와 함께 일해 준다면 연봉 10만 프랑을 주겠소! 대답하기 전에 잠깐만.」

그가 문 하나를 열더니 반장에게 가까이 와보라고 손짓했다. 환한 사무실에는 벌써 이마가 살짝 벗어진 30대 남자가 긴 궐련용 물부리를 입에 문 채 서류 더미 앞에 앉아 있고, 타자수 한 명이 그가 불러 주는 말을 듣고 치기 위해 기다리고 있었다.

「예인 사업부 부장이오.」 사내가 그를 보고 벌떡 일어나는 동안, 뒤크로가 매그레에게 말했다.

그러고는 덧붙였다.

「신경 쓰지 말고 일해요, 자스파르 씨!(그는 〈씨〉를 힘

87

주어 발음했다.) 참, 당신이 매일 저녁에 하는 게 뭔지 다시 한 번 말해 봐요. 내 기억이 맞는다면, 당신 무슨 챔피언이라고 했던 것 같은데.」

「십자말풀이요.」

「맞아, 그랬지! 들으셨소, 반장? 자스파르 씨는 나이 서른둘에 예인선 책임자이자 십자말풀이 챔피언이오!」

그는 음절을 하나씩 끊어 발음했고, 마지막 음절을 내뱉으며 문을 거칠게 닫아 버렸다. 그러고는 매그레와 마주서서 그의 눈을 똑바로 쳐다보며 말했다.

「저 멍청이 봤죠? 아래층과 위층에도 흔히 사무원이라 불리는 것들, 말쑥한 차림으로 앉아 열심히 일하는 척하는 것들이 널려 있소. 아마 지금 이 순간에도 자스파르 씨는 불안해하며 자신이 내 맘에 들지 않을 어떤 짓을 했는지 스스로에게 물어보고 있을 게요. 타자수가 이 사무실 저 사무실 돌아다니며 이 작은 사건에 대해 떠들어 델 테고, 아마 앞으로 열흘간은 전 직원이 그걸 사탕처럼 쪽쪽 빨아 델 게요. 그 사람들, 내가 장(長)이라는 직함을 주니까 자신들이 실제로 뭔가를 이끌고 있다고 착각한다오! 시가 한 대 피우겠소?」

벽난로 위에 아바나 시가 상자가 놓여 있었다. 하지만 반장은 시가를 사양하고 파이프에 담배를 다져 넣었다.

「당신에게는 아무 직함도 안 주겠소. 아마 내 사업이

어떻게 돌아가는지 슬슬 감이 잡힐 겁니다. 하천 운송과 예인선, 그리고 채석장과 기타 등등. 그런데 그 기타 등등이 마음먹는 대로 얼마든지 확장될 수 있다오. 내가 지시를 내려서 당신 하는 일에는 아무도 간섭을 못 하게 하겠소. 그러니 내키는 대로 왔다 갔다 하면서 여기저기 기웃거려 보고······.」

매그레는 또다시 몇 초 동안 양쪽으로 나무들이 늘어서 있는 긴 수로, 검은 밀짚모자를 쓴 아낙네, 바지선을 향해 달려가는 채석장 광차들을 떠올렸다. 뒤크로가 벨을 누르자, 타자수가 속기 수첩을 손에 든 채 들어왔다.

「받아 적게. 아래 서명한 에밀 뒤크로와 매그레······ 이름이······? 조제프 매그레는 다음과 같이 합의했다. 조제프 매그레 씨는 3월 18일부터······.」

그가 매그레를 흘낏 쳐다보고는 눈썹을 찌푸리며 비서에게 말했다.

「나가 봐!」

그가 이번에는 뒷짐을 진 채 가끔 매그레를 향해 불안한 눈길을 던져 가며 방안을 빙빙 맴돌았다. 하지만 매그레는 입을 굳게 다물고 아무 말도 하지 않았다.

「어떻소?」 마침내 뒤크로가 입을 열었다.

「뭐가요?」

「15만? 아니, 그게 아냐!」

그가 창문을 열었고, 도시의 소음이 방 안으로 물밀듯 밀려들었다. 더웠던 모양이었다. 그가 허공에 대고 담배 연기를 뿜었다.

「왜 경찰을 떠나는 겁니까?」

매그레가 파이프를 피우며 싱긋이 웃었다.

「솔직하게 말해 봐요. 당신은 아무 일 안 하고 지낼 수 있는 사람이 아니잖소.」

제안을 거절당한 그가 화가 났는지 안달을 부렸다. 하지만 매그레를 쳐다보는 눈길에는 존경심과 호의가 가득 담겨 있었다.

「돈 문제도 아니야.」

그러자 매그레가 옆 사무실 문과 천장, 마룻바닥을 쳐다보고 부드럽게 말했다.

「아마 당신과 똑같은 이유?」

「거기도 얼간이들이 널려 있는 모양이죠?」

「그런 말 한 적 없소이다!」

매그레는 기분이 좋았다. 아니 그보다는 온전히 자기 자신이었다. 그는 컨디션이 아주 좋다는 느낌이 들었다. 그건 상대방과 동시에 같은 것을 생각하고 가끔은 그의 생각을 앞지르는, 감수성이 극도로 예민한 상태 같은 것이었다.

뒤크로는 쉽게 물러서지 않았지만, 자신감을 잃고 조

금씩 무너지고 있었다. 얼굴 표정만 봐도 그가 버티려고 무진 애를 쓰고 있다는 것을 알 수 있었다.

「당신, 그 잘난 의무를 다한다고 믿고 있죠, 안 그렇소?」 그가 사납게 으르렁댔다.

그러고는 또다시 힘을 내며 말했다.

「물론 내가 당신을 매수하는 것처럼 보이겠죠. 하지만 내가 일주일 후에 당신에게 똑같은 제안을 한다고 가정해 봅시다.」

매그레가 고개를 저었다. 아마 뒤크로도 기꺼이, 힘차게, 그리고 정겹게 고개를 젓고 싶었을 것이다. 그런데 그때 하필 전화벨이 울렸다.

「응, 나야. 그래서? 장례식? 난 장례식 따윈 관심 없어. 한 번만 더 귀찮게 하면 매장할 때도 안 갈 거야.」

말은 그렇게 했지만, 얼굴은 창백하게 질려 있었다.

「우스꽝스러운 격식에 매달리는 꼴이란!」 그가 수화기를 내려놓고 불만에 찬 목소리로 말했다. 「그 인간들이 내 아들놈 주위에 바글바글 모여 있소. 그놈이 살아 있다면 모조리 내쫓아 버리고 싶어 할 텐데 말이오. 내가 지난밤에 어디 갔었는지 당신은 짐작도 못 할 거요. 그걸 밝히면, 사람들이 날 괴물 취급할 겁니다. 하지만 내가 마침내 송아지처럼 목 놓아 울 수 있었던 건 한 갈보집, 취한 줄알고 내 지갑을 뒤진 계집들 틈에서였소.」

그는 더 이상 서 있을 필요가 없었다. 하려던 말을 다했으니까. 그는 의자에 앉아 머리카락을 쓸어 올리고는 책상에 팔꿈치를 괬다. 그는 생각의 끈을 되잡으려고 애썼다. 눈길은 매그레를 향하고 있었지만 매그레는 안중에 없는 것 같았다. 반장이 그를 조금 더 쉬게 놔뒀다가 마침내 입을 열었다.

「샤랑통에서 또 한 사람이 목을 맨 거 아닙니까?」

뒤크로가 무거운 눈꺼풀을 들더니 다음 말을 기다렸다.

「필시 당신도 아는 사람일 겁니다. 보조 수문지기 중 한 명이니까요······.」

「베베르?」

「이름이 베베르인지는 모르지만, 오늘 아침 상류 쪽 갑문에서 목을 맨 채 발견됐어요.」

뒤크로가 피곤한 듯 한숨을 내쉬었다.

「이 일에 대해 할 말 없습니까?」

뒤크로가 어깨를 으쓱했다.

「경찰이 어디서 밤을 보냈는지 구체적으로 밝히라고 요구할 수도 있어요.」

이번에는 하마터면 뭔가 털어놓을 뻔했던 뒤크로의 입술에 희미한 미소가 떠돌았다. 마지막 순간에 마음을 고쳐먹은 그가 또다시 어깨를 으쓱했다.

「나한테 할 말이 없는 게 확실합니까?」

「오늘이 무슨 요일이죠?」

「목요일.」

「다음 주 언제 경찰을 떠납니까?」

「수요일이오.」

「하나 더 물어봅시다. 그때까지 당신 수사가 끝나지 않는다면, 그 경우에는 어떻게 되죠?」

「후임으로 올 동료에게 사건을 넘겨줘야겠죠…….」

뒤크로의 입술에 미소가 더욱 확실하게 그려졌다. 그는 거의 아이처럼 기뻐하며 말했다.

「동료라면…… 얼간이?」

매그레 역시 웃지 않을 수 없었다.

「얼간이들만 있는 건 아니죠.」

뜻밖의 쾌활한 분위기. 그 분위기를 깨고 싶지 않았는지 뒤크로가 일어나더니 두툼한 손을 내밀었다.

「잘 가시오, 반장. 아마 그때까지 또 보게 될 겁니다.」

매그레는 악수를 나누며 뒤크로의 밝은색 눈을 똑바로 쳐다보았다. 하지만 그 미소를 약간 흔들리게 — 아마도? — 했을 뿐, 완전히 굳어 버리게 만들지는 못했다.

「그럼 또 뵙죠.」

뒤크로는 층계참까지 매그레를 배웅했고, 난간에 기대 내려다보기까지 했다. 강둑의 따뜻하고 환한 빛 속으로 나온 매그레는 여전히 눈으로 자신을 좇고 있는 뒤크로의 시선을 느꼈다.

전차를 기다리는 동안 그의 입술에 떠돌던 미소도 서서히 흐려졌다.

관리인이 잘하는 일이라고 굳게 믿고 내놓은 아이디어에 따라, 건물의 모든 세입자가 조의의 표시로 덧창을 달았다. 정박지에 닻을 내린 배들도 반기(半旗)를 내걸었다. 그것이 수로에 음침한 인상을 부여했다.

사람들의 움직임도 애매했다. 구경꾼들은 사방에서, 특히 수문의 벽들 위에서 서성대다 결국에는 거북스러운 표정으로 갈고리 가운데 하나를 가리키며 지나가는 사람에게 물었다.

「저기예요?」

시신은 이미 법의학 연구소로 옮겨진 상태였다. 키가 크고 앙상한 그 시신은 마른 강을 오르내리는 식구라면 누구나 아는 사람의 시신이었다.

출신을 아는 이도 가족도 없는 베베르는 10년 전부터 정박지 한구석에서 녹슬어 가는 퐁 에 쇼세사의 한 준설선에 둥지를 틀고 생활해 왔다.

그는 배에서 던져 주는 닻줄을 허공에서 잡아챘고, 크랭크 핸들을 돌려 수문과 갑문을 열었다. 자잘한 심부름을 해주고 팁을 챙겼다. 그게 다였다.

수문지기가 뭐나 된 것처럼 어깨에 잔뜩 힘을 주고 자기 영역을 휘젓고 다녔다. 그날 아침 기자 셋이 그를 인터뷰했고, 그중 하나가 그의 사진을 찍었기 때문이었다.

매그레는 전차에서 내리자마자 평소보다 손님이 많은 페르낭의 주점으로 들어갔다. 사람들이 수군대고 있었다. 그를 아는 자들이 다른 이들 귀에 대고 그의 직책을 알려 주었다. 페르낭이 단골을 맞이하듯 다가왔다.

「잘 뽑은 맥주 한 잔?」

그가 눈짓으로 홀 반대편 구석을 가리켰다. 가생 노인이 잔뜩 부은 표정으로 혼자 병든 개처럼 앉아 있었다. 눈 주변이 어느 때보다 붉게 물들어 있었다. 그가 매그레를 쳐다봤다. 노인은 눈길을 돌리기는커녕 혐오스럽다는 듯 인상을 찡그렸다.

시원한 맥주를 벌컥벌컥 들이켠 반장은 입술을 쓰윽 닦고는 파이프에 담배를 채웠다. 가생 뒤편 창문을 통해 다닥다닥 붙어 있는 배들이 보였다. 알린의 실루엣이 보이지 않자 반장은 살짝 실망했다.

주점 주인이 또다시 허리를 구부리고 테이블을 닦는 척하며 반장에게 속삭였다.

「저 양반을 위해 뭔가 하셔야 합니다. 제정신을 못 차리고 있거든요. 바닥에 흩어져 있는 저 종잇조각들, 저거 투르넬 부두로 선적을 하러 가라는 명령서예요. 보시다시피 저렇게 갈가리 찢어 버렸답니다!」

노인은 그들이 자기 얘기를 하고 있다는 것을 알고 있었다. 그가 비틀거리며 일어나 매그레에게 다가오더니 어디 한번 해보라는 듯 빤히 쳐다보고는 결국 팔꿈치로 페르낭을 밀치며 나가 버렸다.

사람들은 그가 문턱에서 잠시 망설이는 것을 보았다. 순간, 그들은 그가 달려오는 자동차를 보지 못한 채 도로로 뛰어들 거라고 생각했다. 하지만 그는 잠시 비틀대다 맞은편 주점으로 직행했다. 모든 손님이 얼떨떨한 표정으로 서로를 쳐다봤다.

「어떻게 생각하세요, 반장님?」

홀 전체가 갑자기 대화로 시끌시끌했다. 사람들은 마치 매그레를 잘 안다는 듯 말을 걸었다.

「저래 뵈도 세상에 둘도 없이 착한 양반이죠. 아무래도 지난밤 일 때문에 가슴에 뭔가 맺힌 모양이에요. 저도 결국에는 저 양반이 거기서 헤어날 수 있을지 묻게 된다니까요. 베베르에 대해서는 어떻게 생각하세요? 이건 무슨 시리즈도 아니고 원!」

그들은 따뜻하고 친근했다. 사건을 지나치게 비극적으로 여기지도 않았다. 그럼에도 그들의 웃음에서는 신경과민이 약간 묻어났다.

매그레는 고개를 끄덕이며 웃음으로, 웅얼거림으로 대

답을 대신했다.

「보스가 매장을 보고 싶어 하지 않는다던데, 그게 사실이에요?」

그러니까 그 소식이 이미 주점까지 퍼졌던 것이다! 뒤크로가 전화로 그 대화를 나눈 지 한 시간도 채 안 되었는데!

「정말 우리 보스 정신력 하나는 알아줘야 해! 유명하잖아! 참, 베베르에 관한 얘긴데, 사람들이 어제 갈리아 영화관에서 그를 본 거 아세요? 누군가 그를 공격한 게 아마 그 후에 그가 다시 준설선에 올라가고 있을 때였을 거예요.」

「나도 영화관에 있었어.」 누군가 끼어들었다.

「거기서 베베르를 봤어?」

「보지는 못했지만 나도 거기 있었어.」

「그래서, 그게 도대체 어쨌다는 거야?」

「어쩌긴 뭘 어째, 그냥 나도 거기 있었다는 거지!」

매그레가 싱긋이 웃으며 일어나서는 맥주 값을 지불하고 둘러싼 사람들에게 수인사를 했다. 그는 이미 형사 둘에게 탐문 수사를 벌여 구체적인 정보를 모두 수집하라고 지시해 놓았는데, 그중 하나인 뤼카 형사가 수로 건너편에서 퐁 에 쇼세사의 준설선 위를 돌아다니는 게 보였다.

매그레는 뒤크로의 집 앞을 지나갔다. 아침부터, 아마

도 전날 저녁부터 드샤름의 자동차가 인도 가에 주차되어 있었다. 그는 집 안으로 들어갈 수도 있었을 것이다. 하지만 들어가면 뭐하겠는가? 뒤크로가 〈그들의 카니발〉이라 불렀던 것이 너무나 쉽게 상상되는데!

매그레는 발길 닿는 대로 걸었다. 그는 아는 게 전혀 없었다. 뭔가를 깊이 생각하지도 않았다. 하지만 너무 빨리 전모를 파악하려고 욕심을 부려서는 안 되는 뭔가가 서서히 형태를 잡아 가고 있는 것을 느꼈다.

그는 누군가 택시를 불러 세우는 소리를 듣고 돌아보았다. 건물 여자 관리인이었다. 잠시 후, 관리인이 뒷좌석에 가방들을 싣는 동안, 눈이 붉게 충혈된 검은색 비단옷 차림의 한 뚱뚱한 아가씨가 택시 안으로 몸을 던졌다.

그것은 분명 로즈였다! 어떻게 웃지 않을 수 있겠는가? 그건 매그레가 다가가자 관리인이 거만하고 까다로운 표정을 지었을 때도 마찬가지였다.

「3층 아가씹니까?」

「그러는 당신은 누구세요?」

「수사국 기동 수사대 반장입니다.」

「그렇다면 저 여자가 누군지 저만큼이나 잘 아시겠네요.」

「그녀에게 떠나라고 요구한 게 사위입니까?」

「어쨌거나 제가 그러진 않았어요. 그리고 그건 그들 문제예요!」

너무나 명료한 대답이었다! 상중인 가족은 저 위에서 장례를 치르는 이 엄숙한 시기에 저런 여자를 집 안에 두는 것이 예절에 맞는 일인지를 놓고 몇 시간 동안 수군댔을 것이다. 그리고 아마 가족회의에서 내린 결정을 그녀에게 알리기 위해 사위가 대표로 파견되었을 거고!

매그레가 푸른색의 거대한 철판에 흰 글씨로 쓴 〈댄스홀〉이라는 낱말 앞에 멈춰선 것은 우연이었다. 안쪽으로 쏙 들어가 있는 문 앞에는 술도 마시고 춤도 추는 교외 술집의 신선한 느낌을 주는 덩굴 식물들이 있었다. 내부는 눈부시게 환한 인도와는 대조적으로 컴컴하고 시원했다. 자동 피아노의 금속 장식들이 진짜 보석처럼 반짝거렸다.

테이블과 긴 의자 몇 개, 춤을 추는 빈 공간이 있었고, 벽에는 한때 극장에서 사용했던 게 분명한 낡은 배경막이 드리워져 있었다.

「누구세요?」 층계 위에서 누군가 소리쳤다.

「그냥 지나가다 들렀습니다.」

누가 씻기를 마친 모양이었다. 수도꼭지가 틀어져 있었고, 개수대에 물 버리는 소리가 들렸다. 실내화에 목욕 가운 차림으로 내려온 여자가 매그레를 보더니 말했다.

「아! 당신이로군요.」

샤랑통에 사는 모든 사람들처럼 그녀 역시 매그레를 알고 있었다. 한때 미녀라는 소리깨나 들었을 법한 여자였다. 그 더운 온실 생활에 약간 살이 찌고 무르기는 했지만 태평스러움과 평온함이 엿보이는 매력을 어느 정도 간직하고 있었다.

「뭐 좀 드시겠어요?」

「아무 아페리티프나 좀 내오시오. 당신 것까지 두 잔.」

그녀는 장시안[1]을 마셨다. 그녀에게는 식탁에 기댄 팔꿈치를 몸 가까이 붙이는 특이한 습관이 있었다. 그래서 가운데로 몰린 젖가슴이 목욕 가운 옷깃 밖으로 반쯤 봉긋 솟아올랐다.

「찾아오실 줄 알았어요. 반장님의 건강을 위하여!」

그녀는 전혀 두려워하지 않았다. 경찰만 보면 주눅이 드는 그런 여자가 아니었다.

「사람들이 얘기하고 다니는 거, 사실이에요?」

「뭐에 대해서요?」

「베베르요. 됐어요! 제가 괜한 걸 물었네요. 하지만 이런 일이 생기면 별의별 말들이 떠돌아서……. 사람들 말로는 가생 노인이…….」

「……그 일을 저질렀답니까?」

「마치 그 일에 대해 아는 것처럼 말하니까요. 한 잔 더

1 용담속의 뿌리로 만든 술.

「하시겠어요?」

「뒤크로는?」

「뒤크로가 뭐요?」

「어제 여기 왔었소?」

「제가 혼자 지내는 게 딱한지 자주 와요. 오랜 친구거든요. 물론 그는 거부가 되긴 했지만. 그렇다고 거만하게 굴진 않아요. 불쑥 들어와서는 반장님 앉아 계신 바로 그 자리에 앉죠. 그러고는 한 잔씩 마셔요. 이따금 자동 피아노에 5수짜리 동전을 넣으라고 하죠.」

「어제도 왔었소?」

「예. 댄스파티는 주로 토요일과 일요일에만 열려요. 가끔 월요일에도 열리기는 하지만. 다른 요일에도 습관적으로 열어 놓지만 이렇게 늘 저 혼자죠. 제 남편이 살아 있을 당시에는 달랐어요. 그때는 식당도 겸했었거든요.」

「몇 시에 갔습니까?」

「그가 저랑 자기라도 했을까 봐요? 잘못 짚으셨어요, 반장님. 전 그를 잘 알아요. 그는 한낱 예인선 선원에 지나지 않았을 때도 기회만 닿으면 슬쩍 제 몸을 만지고는 했어요. 하지만 왜인지는 몰라도 저하고 절대 그 이상을 하려고 시도하지 않았죠. 그냥 습관이에요……! 반장님도 잘 아시잖아요! 어제는 많이 슬퍼했어요…….」

「술을 마셨소?」

「두세 잔. 그 정도는 아무것도 아니에요, 그 사람에겐. 저한테 이렇게 말하더군요. 〈당신 모르지, 그 얼간이들이 얼마나 혐오스러운지! 나 오늘 아무래도 밤새 사창가를 돌아다닐 것 같아. 그 인간들이 아들 녀석 주변에 모여 있는 걸 생각하면…….〉」

매그레는 뒤크로가 입에 달고 다니는 그 〈얼간이〉를 다시 듣고도 이번에는 웃지 않았다. 그는 초라한 장식, 탁자, 긴 의자, 배경막, 그리고 장시안 두 번째 잔을 홀짝홀짝 비우고 있는 선량한 여자를 쳐다보았다.

「그가 이곳을 나선 게 정확하게 몇 시였는지 기억 안 나십니까?」

「아마 자정쯤? 그 전이었나? 그 많은 돈을 갖고도 행복하지 못하다니 참 안됐어요, 안 그래요?」

매그레는 더 이상 웃지 않았다.

6

「무엇보다 신기한 건 자꾸 그 사건이 아주 단순하다는 확신이 든다는 점이에요.」 매그레가 결론지었다.

매그레는 사무실들이 텅 빈 시각에 수사국장 방에 와 있었다. 붉은 태양이 뉘엿뉘엿 지고 있었고, 퐁뇌프가 턱 하니 걸려 있는 센 강의 풍경은 붉은색, 푸른색, 황토색 으로 덕지덕지 칠해져 있었다. 수사국장과 매그레는 창가에 서서 한가로이 거니는 행인들을 바라보며 두서없이 잡담을 나누고 있었다.

「뒤크로라는 인물은…….」

전화벨 소리. 국장이 수화기를 들었다.

「안녕하세요, 부인. 잘 지내시죠? 예, 바꿔 드리겠습니다.」

매그레 부인이었다. 그녀는 뭐가 그렇게 바쁜지 살짝 얼이 빠져 있었다.

「당신, 보나마나 나한테 전화하는 거 까맣게 잊고 있었죠? 맞다니까요, 당신이 4시에 나한테 전화하기로 되어 있었어요. 저쪽에 가구가 벌써 도착했대요. 그래서 난 지금 출발해야 돼요. 당장 올 수 있어요?」

작별 인사를 하기 전에 반장이 국장에게 설명했다.

「오늘이 이삿날이라는 걸 까맣게 잊고 있었어요. 가구상에 주문한 가구가 어제 출발했는데, 그걸 들이기 위해 집사람이 먼저 시골집에 가 있어야 했거든요.」

수사국 책임자는 어깨를 으쓱했고, 그것을 본 매그레가 문턱에 멈춰 섰다.

「무슨 뜻으로 그러신 겁니까, 국장님?」

「당신도 다른 사람들처럼 할 거라는, 다시 말해 1년도 안 되어 다시 일터로 돌아올 거라는 뜻으로. 하지만 다음 직장은 은행이나 보험 회사가 되겠지.」

그날 저녁, 황혼에 물든 국장실에는 미묘한 우수가 흘렀다. 하지만 두 남자는 그것을 모르는 척했다.

「맹세코 그런 일은 없을 겁니다.」

「내일 봅시다. 무엇보다 뒤크로는 살살 다루세요. 소매 속에 국회의원 두셋쯤은 넣어 두고 있을 테니까.」

매그레는 택시를 탔고, 몇 분 후 리샤르르누아르 가의 아파트에 도착했다. 그의 아내는 정신없이 바빴다. 방 두 개는 비어 있었고, 다른 방에는 상자들이 가구들 위에 쌓여 있었다. 뭔가 끓고 있었다. 이미 발송한 난로가 아니라 알코올버너 위에서.

「당신 정말 나랑 같이 못 가요? 가구들 놓을 자리 함께 결정하고 내일 저녁 기차로 다시 오면 되잖아요.」

그건 불가능했고, 게다가 매그레 자신이 그러고 싶지 않았다. 영영 떠나게 될 이 황폐한 집으로 돌아오며 물론 그는 묘한 느낌을 받았었다. 하지만 아내가 가져가려고 준비하는 물건들을 보고, 그녀가 쉬지 않고 움직이며 내 뱉는 말들을 듣고서 더 이상한 느낌을 받았다.

「배달된 접이식 안락의자 봤어요? 지금 몇 시예요? 비고 부인이 가구 때문에 전화했었어요. 그쪽은 날씨가 아주 좋대요. 벚나무들이 꽃으로 하얗게 뒤덮였고요. 부인이 전에 얘기했던 염소는 팔려고 내놓은 게 아니래요. 하지만 염소 주인이 올해 새끼를 낳으면 우리한테 주겠다고 약속했대요.」

빙긋이 웃으며 고개를 끄덕이긴 했지만 매그레는 아내가 무슨 말을 하는지 전혀 못 알아듣고 있었다.

「삶아 놓은 것 좀 먹어요.」 매그레 부인이 옆방에서 외쳤다. 「난 배 안 고파요.」

그 역시 그랬다. 그래서 먹는 둥 마는 둥 깨작거렸다. 그는 곧 정원 손질용 연장들까지 들어 있는 울퉁불퉁한 형태의 거추장스러운 가방들을 들고 내려가 택시에 가득 실어야 했다.

「오르세 역요.」

그는 기차에 오르는 아내에게 입을 맞춰 주었고, 11시경에는 뭔가를, 혹은 누군가를 못마땅해하며 센 강가를 홀로 거닐었다.

그는 조금 더 떨어진 셀레스탱 강둑에 있는 뒤크로의 사무실 건물 앞을 지나쳤다. 불 켜진 창은 없었다. 비스듬히 비치는 가스등 불빛에 동판들이 번쩍거렸다. 배들이 강둑을 따라 줄줄이 무기력하게 누워 있었다.

국장은 왜 그에게 그런 말을 했을까? 말도 안 되는 소리였다! 매그레는 정말 조용한 시골에서 책이나 읽으며 지내고 싶었다. 무엇보다 그는 피곤했다.

하지만 그는 딴 데 정신이 팔려 아내의 말을 건성으로 들었다. 염소 등등에 대해 아내가 말했던 것을 기억해 보려고 애썼다. 하지만 실제로는 센 강 건너편의 수많은 불빛들을 바라보며 이렇게 묻고 있었다.

〈뒤크로는 지금 어디에 있을까? 《카니발》에 대한 혐오감에도 불구하고 결국 집으로 돌아갔을까? 유명한 식당이나 기사 주점에서 식탁에 팔꿈치를 올려놓고 저녁을 먹고 있을까? 아니면 또다시 팔에 상장을 두른 채 갈보집을 전전하고 있을까?〉

장 뒤크로 쪽은 나온 게 없었다, 전혀! 사람들 눈에 잘

띄지 않는, 그래서 그들에 대해 할 말이 없게 만드는 그런 존재들이 있다. 형사 둘이 그를 맡아 라탱 구역, 국립 고문서 학교, 샤랑통을 돌아다니며 탐문 수사를 벌였다.

〈속을 잘 드러내지 않고 건강이 썩 좋지는 않은 매력적인 청년……〉

그에게 어떤 악덕이, 혹은 열정이 있는지 아는 사람은 없었다. 그가 무엇을 하며 저녁 시간을 보내는지 아는 사람도.

「아마 자기 방에서 공부를 하며 보냈을 거예요. 병에 걸린 이후로 학업이 뒤처졌었거든요.」

그에겐 가족생활도 없었고 친구도 없었다. 그 흔한 애인도 없었다. 그런데 어느 날 아침 그는 아버지를 죽이려했다고 스스로를 탓하며 목을 맸다!

하지만 투아종 도르호에서 알린과 함께 보낸 석 달이 있었다.

장…… 알린…… 가생…… 뒤크로…….

매그레는 베르시의 철책을, 곧이어 발전소 굴뚝들을 알아보았다. 전차들이 그를 추월했다. 그는 가끔 아무 이유 없이 걸음을 멈췄다가 다시 출발했다.

저 아래에서 제1호 수문이 그를 기다리고 있었다. 뒤크로의 높다란 건물, 바지선, 두 주점, 작은 댄스홀, 하나의 무대, 아니 실체와 냄새들로 가득한 하나의 세계, 그가 풀어내려고 애쓰는 복잡하게 얽힌 삶들이 거기 있었다.

그것은 그의 마지막 사건이었다. 가구들은 이미 루아르 강가의 시골집에 도착해 있었다.

그는 아내를 떠나보내며 대충 입을 맞춰 주었고, 가방들을 실어 주면서도 기분이 좋질 않았다. 손을 흔들기는커녕 기차가 덜컹거리며 출발할 때까지 기다리지도 않았다.

국장은 그에게 왜 그런 말을 했을까?

매그레는 강둑을 따라 정처 없이 걷는 대신 갑자기 전차에 올라탔다.

환한 달빛이 구석구석을 비추는 만큼 풍경은 더욱더 적적해 보였다. 왼쪽 주점은 이미 문을 닫았고, 페르낭의 주점에서는 남자 셋이 주인과 함께 카드놀이를 하고 있었다.

인도를 지나가는 매그레의 발소리가 안에서도 들린 모양이었다. 고개를 든 페르낭이 그를 알아보고 나와서 문을 열었다.

「이 시각에 아직도 여기 계세요? 새로운 게 나왔나요?」

「전혀.」

「들어오셔서 뭐 좀 안 드시겠어요?」

「됐소이다.」

「에이, 그러지 마시고 들어오셔서 잠시 잡담이나 나누시죠.」

매그레는 실수라고 느끼면서도 들어갔다. 세 남자가 카드를 손에 들고 기다리고 있었다. 페르낭이 잔 두 개에 화주를 따랐다. 한 잔은 반장을, 또 한 잔은 자신을 위해.

「반장님의 건강을 위하여!」

「카드 할 거야 말 거야?」

「알았어! 잠깐만 기다려 주시겠습니까, 반장님?」

매그레는 육감으로 뭔가 이상하다고 느끼며 서 있었다.

「안 앉으세요? 내가 커트할게!」

매그레는 바깥을 내다보았다. 달빛에 윤곽을 또렷하게 드러내는 적막한 풍경 외에는 아무것도 보이지 않았다.

「베베르 녀석이 그렇게 죽은 거, 좀 이상하죠, 안 그래요?」

「카드나 쳐! 얘기는 나중에 하고.」

「얼맙니까?」 매그레가 물었다.

「그냥 제가 대접한 겁니다.」

「천만에요.」

「아닙니다. 잠깐만요, 이 판만 치고요. 블롯!」

그가 카드를 내던지고 카운터로 걸어갔다.

「뭘 드시겠습니까? 같은 걸로? 어이, 자네들은?」

그들의 분위기와 행동거지, 목소리가 어딘가 명확하고

진술하지 않았다. 특히 침묵이 깔리게 놔두지 않으려고 무진 애를 쓰는 페르낭에게서 그것이 강하게 느껴졌다.

「가생 노인이 여전히 취해 있는 거 아세요? 정말 못 말린다니까! 큰 걸로 한 잔, 앙리? 자네는?」

곤히 잠든 강둑에 깨어 있는 건 그 주점뿐이었다. 매그레는 안팎을 동시에 관찰하려고 애쓰며 문을 향해 걸어갔다.

「참, 반장님, 말씀드리려고 했는데…….」

「뭘요?」 매그레가 돌아보며 물었다.

「잠깐만요…… 뭐였더라? 이런 멍청한……. 뭐 좀 더 드시죠.」

속셈이 너무 뻔히 보여서 동료들이 뜨악한 표정으로 그를 쳐다봤다. 페르낭도 느꼈는지 광대뼈가 더 불그스름하게 물들었다.

「무슨 일이 벌어지고 있는 거요?」 매그레가 물었다.

「일이 벌어지다니요?」

매그레는 문을 열고 수로에 잠겨 있는 바지선들을 살펴보았다.

「왜 날 잡아 두려고 애쓰는 거요?」

「제가요? 맹세컨대 저는…….」

바로 그때, 반장은 마침내 배들의 동체, 돛대와 선실이 형성하는 시커먼 덩어리 속에서 아주 작은 불빛을 발견했다. 그는 문을 다시 닫지도 않은 채 부두를 가로질러 투아종 도르호의 선교 앞에 섰다.

매그레가 미처 보지 못한 사내가 2미터 정도 떨어진 곳에 서 있었다.

「여기서 뭐 하시오?」

「손님 기다리고 있습니다.」

고개를 돌린 매그레는 약간 떨어진 곳에서 전조등을 끈 채 대기하고 있는 택시를 보았다.

좁다란 선교는 반장이 올라서자 휘어지는 소리를 냈다. 문 유리창 안쪽에서 희미한 불빛이 보였다. 그는 망설임 없이 문을 열고 층계를 내려갔다.

「들어가도 되겠소?」

인기척이 느껴졌다. 계단을 몇 개 내려가자, 석유등으로 훤히 밝혀진 선실이 내려다보였다. 침대가 깔끔하게 정리되어 있었고, 밀랍 식탁보 위에는 술 한 병과 잔 두 개가 놓여 있었다.

그리고 두 남자가 말없이, 긴장한 표정으로 마주 앉아 있었다. 작은 두 눈이 그 어느 때보다 위협적인 가생 노인과 모자를 뒤로 젖힌 채 식탁에 팔꿈치를 괴고 있는 에밀 뒤크로였다.

「들어오시오, 반장. 안 그래도 당신이 올 거라고 짐작하고 있었소.」

그는 허세를 부리지 않았다. 당황하지도 놀라지도 않았다. 큼지막한 석유등이 뜨거운 열을 훅훅 뿜어 댔다. 고요가 너무 절대적이어서 매그레가 도착하기 전에도 두 사람이 몇 시간 동안 아무 말 없이, 꼼짝도 않고 그렇게 앉아 있었다는 것을 짐작할 수 있었다. 두 번째 선실 문에는 빗장이 채워져 있었다. 알린은 자고 있을까? 아니면 어둠 속에서 미동도 않고 귀를 기울이고 있을까?

「택시 기사, 아직 기다리고 있소?」

뒤크로가 몸이 굳은 듯 멍한 상태에서 벗어나려고 시도했다.

「네덜란드산 화주 좋아하시오?」

그러면서 직접 찬장에서 잔을 꺼내 무색 액체로 채우고 나서 자기 잔을 집으려 했다. 하지만 바로 그때 가생이 거친 동작으로 식탁 위의 모든 것을 쓸어 버렸다. 병과 잔들이 바닥에 뒹굴었다. 병은 기적적으로 깨지지 않았지만, 뚜껑이 벗겨져 술이 쏟아지는 소리가 쿨럭쿨럭 길게 이어졌다.

뒤크로는 움찔도 하지 않았다. 그런 종류의 행동을 예상하고 있었던 건 아닐까? 가생은 금방이라도 분노로 발작을 일으킬 것처럼 상체를 앞으로 내민 채 두 주먹을 불끈 쥐고 거친 숨을 몰아쉬었다.

두 번째 선실에서 누군가 움직였다. 택시 기사는 여전

히 부두를 오락가락하고 있었다. 가생이 정지된 자세로 씩씩대다가 결국에는 의자에 털썩 주저앉아 두 손으로 머리를 움켜쥐고 울음을 터뜨렸다.

「빌어먹고 또 빌어먹을!」

뒤크로가 매그레를 쳐다보며 승강구를 가리켰다. 그는 지나가면서 노인의 어깨를 툭툭 칠 뿐이었다. 갑판으로 올라온 그들은 잠시 맑은 공기를 쐬었다. 택시 기사가 택시를 향해 달려갔다. 뒤크로가 매그레의 팔을 잡으며 잠시 걸음을 멈췄다.

「난 할 수 있는 것은 모두 했소. 파리로 돌아갈 거요?」

그들은 돌층계를 걸어 올라갔다. 자동차가 문을 열어 놓은 채 부르릉거리고 있었다. 반장은 주점 유리창 뒤에서 자동차를 바라보고 있는 페르낭의 그림자를 보았다.

「아무도 방해하지 못하게 하라고 당신이 명령을 내렸습니까?」

「누구한테요?」

매그레가 희미하게 손짓을 하자, 뒤크로는 금방 알아차렸다.

「저 친구가 붙듭디까?」

뒤크로가 우쭐한 동시에 못마땅한 표정으로 웃었다.

「멍청한 것들!」 그가 으르렁거렸다. 「타요! 곧장 갑시다, 기사 양반. 도심 방향으로.」

그가 모자를 벗고는 손으로 머리카락을 쓸어 올렸다.

「날 찾고 있었소?」

매그레는 대답할 말이 없었다. 게다가 뒤크로도 대답을 기다리지 않았다.

「집사람이 가구 배치를 하러 오늘 저녁에 출발했습니다.」

「어느 쪽이오?」

「뫵과 투르 사이.」

강둑은 한산했다. 생탕투안 가에 이를 때까지 마주친 차가 두 대에 불과했다. 택시 기사가 칸막이 유리를 내렸다.

「어디로 모실까요?」

누군가에게 도전이라도 하듯 뒤크로가 대답했다.

「막심에 내려 주시오.」

실제로 그는 거기서 내렸다. 무거운 몸을 이끌고 고집스럽게, 크레이프 상장을 두른 푸른색의 투박한 정장을 입은 채. 막심의 종업원은 그가 상을 당했다는 걸 알고 있으면서도 부리나케 달려 나왔다.

「잠시 들어가겠소, 반장?」

「됐습니다.」

뒤크로가 이미 빙빙 돌아가는 회전문에 들어섰기 때문에 그들은 악수는커녕 서로 인사를 나눌 시간조차 없었다.

새벽 1시 반이었다. 종업원이 매그레에게 물었다.

「택시 불러 드릴까요?」

「그래요…… 아니, 됐소.」

리샤르르누아르 가에는 이제 아무도 없었다. 침대마저 시골집으로 떠났다. 매그레는 뒤크로처럼 했다. 다시 말해, 생토노레 가 끄트머리에 있는 호텔로 자러 갔다.

저쪽에 도착한 아내는 그들의 시골집에서 첫날 밤을 보내고 있을 터였다.

7

행렬의 선두는 이미 철책을 지나고 있었지만, 묘지 안쪽에서는 여전히 느리고 단조로운 발소리가 들려왔다. 자갈이 신발에 밟히는 소리, 무지개들이 비칠 정도로 공기를 가득 채우는 먼지, 가끔 발자국을 남길 정도로 무거운 걸음을 내딛는 애도의 행렬이 덥다는 느낌을 더욱 증폭시켰다.

온통 검은 옷에 아주 흰 셔츠를 입은 에밀 뒤크로는 활짝 열린 묘지의 철책 문에 기댄 채 손수건을 돌돌 말아 땀을 닦았고, 인사하는 사람들과 일일이 악수를 나누었다. 그가 무슨 생각을 하는지는 알 수 없었다. 그는 눈물을 보이지 않았고, 심지어 그 매장식과는 아무 관련이 없는 사람처럼 끊임없이 사람들을 관찰했다. 비쩍 마른 사위는 옷차림이 단정했고, 눈가가 붉게 물들어 있었다. 여자들은 베일을 쓰고 있어서 얼굴이 보이지 않았다.

행렬이 샤랑통 전체를 가득 메웠다. 깔끔하게 씻고 머리를 빗고 푸른색 작업복을 입은 수백 명의 선원들이 모자를 벗어 손에 든 채 꽃과 화환으로 장식된 두 대의 마차를 따라 걸었다.

그들은 이제 한 명씩 묘지를 나서며 꾸벅 인사를 하고 말을 더듬으며 조의를 표했다. 그러고는 어정쩡하게 무리를 지어 목을 축일 카페를 찾아다녔다. 그들의 이마에는 땀방울이 맺혀 있었다. 앞이 겹쳐진 투박한 상의 속에서 땀으로 축축하게 젖은 몸이 느껴졌다.

매그레는 맞은편 인도, 꽃 장수의 광주리 앞에 서서 그냥 갈 건지, 아니면 조금 더 머무를 건지 망설이고 있었다. 택시 한 대가 근처에 멈춰 섰고, 그의 부하 중 하나가 내리더니 두리번거리며 그를 찾았다.

「여길세, 뤼카.」

「아무 일 없었나요? 오늘 아침 8시 반에 가생 노인이 바스티유 광장의 한 총기 판매업자에게서 권총 한 자루를 구입했다는 사실을 조금 전에 알아냈습니다.」

가생도 거기 있었다. 줄지어 선 가족에게서 50미터 정도 떨어진 곳에. 그는 사람들과 애기를 나누지도 않고 그렇다고 초조한 기색을 드러내지도 않은 채 음울한 눈으로 사람들의 행렬을 좇고 있었다.

매그레는 진작 그를 발견했다. 턱수염을 깎고 새 셔츠

와 정장을 입은 그의 모습을 보는 건 처음이었으니까. 드디어 술집을 전전하며 술에 절어 지내길 그만둔 것일까? 어쨌거나 그는 훨씬 더 의젓하고 차분했다. 더 이상 턱을 악다문 채 무슨 말을 웅얼거리지도 않았다. 그토록 차분한 그를 보니 오히려 약간 불안하기까지 했다.

「확실한가?」

「확실합니다. 무기를 다루는 법까지 설명해 달라고 했답니다.」

「이따가 그가 좀 더 멀리 떨어지면 사람들 눈에 안 띄게 체포해서 서로 연행하게.」

서둘러 도로를 건넌 매그레는 뒤크로에게서 3미터도 채 떨어지지 않은 곳에 버티고 섰다. 뒤크로가 놀란 표정으로 쳐다봤다. 푸른색 작업복, 시커멓게 탄 얼굴, 색 바랜 머리칼, 선원들의 행렬이 계속 이어졌다. 매그레의 눈길이 다가오는 가생의 눈길과 마주쳤다. 하지만 노인은 전혀 놀라거나 당황하는 기색을 내비치지 않았다.

그는 다른 사람들의 뒤를 따르며 자기 차례를 기다렸다. 마침내 그가 아무 말 없이 늙고 주름진 손을 내밀어 뒤크로와 악수를 나누었다.

그게 다였다. 그러고는 가버렸다. 그의 거동을 관찰했지만 매그레는 그가 술을 마셨는지 아닌지 쉽게 단정 지을 수 없었다. 술을 과하게 마시면 가끔은 극도로 냉철해지기도 하니까.

뤼카 형사가 거리 첫 번째 모퉁이에서 기다리고 있었다. 매그레가 고개를 끄덕여 보이자, 뤼카는 슬그머니 가생의 뒤를 밟았다.

「당신, 상티에 가에 좀 들렀다 와야 할 것 같아요. 우체국 맞은편 가게에 가서 커튼 줄 백 미터 정도만 좀 사와요…….」 그날 아침, 매그레 부인은 전화로 이렇게 말했었다.

샤랑통에서는 어디서나 선원들과 마주쳤고, 이제 곧 수로에서 오퇴유까지 강둑의 모든 카페가 주말 나들이옷을 꺼내 입은 선원들로 넘쳐 날 터였다. 뤼카 형사가 체포했을 때 가생 노인은 어떤 반응을 보였을까? 매그레는 반대 방향을 택해 걸었고, 이제 길을 잃고 여기저기 헤매고 있었다. 누군가 그를 불렀다.

「반장!」

뒤크로였다. 그는 이미 두 발짝 떨어진 곳까지 와 있었다. 상중인 가족과 조문객들을 두고 그를 쫓아온 모양이었다.

「가생을 둘러싸고 무슨 일을 꾸미는 거요?」

「일을 꾸미다뇨?」

「아까 부하와 얘기 나누는 걸 봤소. 그를 체포할 겁

니까?」

「이미 체포했습니다.」

「왜요?」

매그레는 말을 하는 게 나을지 아닐지 자문하며 잠시 망설였다.

「그가 오늘 아침에 권총을 구입했어요.」

뒤크로는 아무 말도 하지 않았다. 하지만 눈이 아주 가늘어지면서 눈길이 매서워졌다.

「당신을 노리는 것 같은데요?」 반장이 말을 이었다.

「그럴 가능성이 크죠.」 주머니에 손을 넣어 브라우닝 권총을 꺼내 보이며 뒤크로가 으르렁거렸다.

그러고는 도전적으로 껄껄 웃어 대며 말했다.

「나도 체포할 거요?」

「헛수고할 필요는 없죠. 곧 풀어 줘야 할 테니까.」

「그럼 가생은?」

「가생 역시.」

그들은 주부들이 장을 보는 비좁은 거리, 볕이 드는 인도 가장자리에 서 있었다. 각자 권총을 한 자루씩 들고 파리를 돌아다니는 두 남자를 떠올리며 매그레는 마치 자신이 두 사람의 결투에 심판을 보고 있는 것 같다는 엉뚱한 생각을 했다.

「가생은 날 죽이지 않을 거요.」 뒤크로가 단정적으로

말했다.

「왜죠?」

「그냥!」

그러고는 곧 어조를 바꾸어 말했다.

「내일 시골에 있는 내 별장으로 점심 식사 하러 오겠소? 사무아에 있어요.」

「생각해 보죠. 어쨌거나 초대해 줘서 고맙소이다.」

매그레는 그가 가게 내버려 뒀다. 그의 권총과 너무 뻣뻣해 그를 불편하게 하는 부착식 옷깃도. 매그레는 피곤했다. 그는 아내에게 전화를 걸어 일요일을 함께 보낼 수 있는지 알려 주기로 약속했다는 것을 떠올렸다. 하지만 우선 경찰서로 돌아갔다. 적어도 거긴 시원했다! 식사하러 나간 현지 반장 대신 그의 보좌관이 호들갑을 떨며 그를 맞이했다.

「연행된 자는 왼쪽 유치장에 있습니다. 주머니에서 나온 것들은 여기 있고요.」

펼친 신문지 위에 물건들이 놓여 있었다. 우선 탄창을 넣는 싸구려 권총, 그다음으로는 해포석 파이프, 붉은색 고무 담배쌈지, 가장자리에 푸른 실로 수를 놓은 손수건, 끝으로 매그레가 잠시 만지작거리다가 열어 본 너덜너덜하고 약간 눌어붙은 지갑.

지갑에는 거의 아무것도 없었다. 한쪽 칸에 투아종 도

르호의 서류들과 수문지기들이 서명한 신고서가 들어 있었다. 다른 한쪽 칸에는 약간의 현금과 인물 사진 두 장이 있었다. 여자와 남자 사진이 각각 한 장씩.

여자 사진은 20년은 족히 된 것이었다. 인화를 잘못해 색이 바랬지만, 알린의 미소를 연상시키는 미소를 짓고 있는 젊고 날씬한 여인의 이목구비는 아직 구별할 수 있었다.

가생의 아내였다. 좋지 않은 건강 때문에, 본의 아닌 우수 때문에, 물에서 생활하는 거친 사람의 눈에는 아주 우아하게 비쳤을 것이다. 그녀와 잤던 뒤크로의 눈에도! 가생이 주점을 전전하며 술을 마시는 동안 선상에서 그랬을까, 아니면 어느 허름한 여관방에서?

다른 사진은 방금 땅에 묻힌 장 뒤크로의 것이었다. 아마추어가 찍은 사진이었다. 청년은 흰색 바지 차림으로 바지선 갑판에 서 있었다. 사진 뒷면에 그는 이렇게 썼다. 〈언젠가 이걸 읽을 수도 있을 내 어린 친구 알린에게, 둘도 없는 친구 장이.〉

그런데 그는 죽었다! 스스로 목을 맸다!

「이렇게 되고 말았군.」 매그레가 말했다.

「뭘 찾아내셨습니까?」

「죽은 사람들!」 유치장 문을 열며 그가 말했다.

「어떻소, 가생 영감?」

긴 의자에 앉아 있던 가생이 일어났다. 매그레는 입을 쩍 벌리고 있는 구두, 넥타이를 풀고 활짝 벌려 놓은 부착식 옷깃을 보고 인상을 찡그렸다. 그가 보좌관을 불렀다.

「누가 이랬소?」

「그냥 늘 하던 대로…….」

「구두끈과 넥타이를 돌려주시오.」

선원의 모습이 너무나 처량해 그 상태로 심문을 했다간 모욕을 주거나 학대를 하는 기분이 들 터였다.

「앉아요, 가생! 여기 당신 소지품, 물론 권총은 빼고. 술잔치는 끝났소? 지금 제정신입니까?」

매그레는 노인이 허리를 구부리고 구두끈을 묶는 동안 맞은편에 앉아 무릎에 팔꿈치를 짚었다.

「아시다시피 난 한 번도 당신을 성가시게 하지 않았소. 마음대로 오가고 술독에 빠져 지내게 내버려 뒀죠. 그건 그냥 두시오! 신발 끈과 넥타이는 조금 있다 매요. 알아들었소?」

가생이 고개를 들었고, 매그레는 그가 허리를 구부린 것이 그 묘한 웃음을 감추기 위해서란 걸 알아차렸다.

「왜 뒤크로를 죽이려 하는 겁니까?」

이미 웃음기는 사라지고 없었다. 매그레를 쳐다보는 선원의 쭈글쭈글한 얼굴에 나타난 건 완벽한 평온뿐이었다.

「난 아직 아무도 죽이지 않았습니다.」

그가 처음으로 말을 꺼낸 게 아니었을까? 그는 본래 목소리임이 분명한 묵직한 목소리로 침착하게 말했다.

「나도 압니다. 하지만 그를 죽이고 싶어 하잖소?」

「난 아마 누군가를 죽일 겁니다.」

「뭐크로?」

「그일 수도 있고 아닐 수도 있고.」

그는 취한 건 아니었다. 그건 확실했다. 하지만 술을 마시긴 했다. 아니면 이전에 퍼마신 술의 기운이 아직 빠지지 않았거나. 여태까지 그는 공격적인 태도를 과장했었다. 그런데 지금은 너무나 차분했다.

「무기는 왜 구입했소?」

「당신은 왜 샤랑통에 있습니까?」

「그게 무슨 관계가 있는지 모르겠군요.」

「천만에, 당신은 알아요!」

현기증이 날 정도의 생략에 강한 인상을 받은 매그레가 잠시 입을 다물고 있자, 가생이 말을 이었다.

「사실 이 일이 당신과는 상관이 없다는 차이는 있지만.」

그가 두 번째 구두끈을 주워 다시 허리를 구부리고 구멍에 끼우기 시작했다. 매그레가 단어 하나 놓치지 않고 그가 하는 말을 들으려면 귀를 쫑긋 세워야만 했다. 음절들이 턱수염 속에서 헝클어져 버렸기 때문이다. 어쩌면 매그레에게 들리든 안 들리든 개의치 않았을지도 모른다. 아니면 술 취한 사람의 마지막 독백이었거나.

「10년 전에 살롱에서 〈코르모랑〉호의 선장이 의사가 거주하는 아름다운 집 앞에 멈춰 섰소. 이름이 루이였죠. 의사 말고 선장요! 그는 좋아서, 그리고 안달이 나서 미칠 지경이었어요. 서른 살 된 아내가 마침내 출산을 앞두고 있었거든요.」

전차가 지나갈 때마다 벽이 흔들렸다. 끊임없이 여닫히는 이웃 가게 문에 달린 종소리가 희미하게 들려왔다.

「그들은 8년 전부터 아이 갖기를 소원했어요. 루이는 아이만 가질 수 있다면 모아 놓은 것을 모두 바칠 각오가 되어 있었죠. 그래서 그는 키 작은 갈색 머리 안경잡이 의사를 데리러 갑니다. 나도 아는 의사였죠. 그는 의사에게 출산이 아주 먼 곳에서, 시골 마을에서 시작될까 봐 두렵다고, 그러니 아이를 낳을 때까지 아예 살롱에 머물겠다고 말합니다.」

가생이 허리를 세웠다. 오랫동안 숙이고 있어서 얼굴이 시뻘겋게 상기되어 있었다.

「8일이 흘러갑니다. 의사가 매일 저녁 왕진을 옵니다. 드디어 어느 날 오후 5시경에 진통이 시작됩니다. 루이는 잠시도 가만히 있질 못합니다. 갑판에 나와 보고 부두에서 서성대기를 반복합니다. 그가 결국 의사 집 벨에 매달

립니다. 그를 거의 강제로 끌고 옵니다. 의사는 그에게 모든 게 좋다고, 아주 좋다고, 출산은 별 탈 없이 이루어질 거라고, 출산이 임박했을 때 자신에게 알리기만 하면 된다고 말합니다.」

가생은 그 이야기를 신도송처럼 읊었다.

「그 동네 모르시죠? 나는 마치 그곳에 있는 것처럼 그 집이 눈에 선합니다. 새로 지은 넓은 단독 주택이었는데, 그날 밤 큰 창문들이 모두 훤히 밝혀져 있었어요. 의사가 파티를 열었거든요. 향수를 뿌리고 콧수염을 말아 올린 그는 멋졌어요. 그는 두 차례 바람처럼 왔다 갔어요. 처음에는 부르고뉴 포도주, 나중에는 리큐어 냄새를 폴폴 풍기면서.

〈완벽해요, 완벽해! 그럼 조금 있다가…….〉

그는 이렇게 말하고 나서 뛰어서 부두를 건너갔죠. 축음기 소리가 들려왔어요. 커튼에 춤추는 사람들 그림자가 비치기까지 했죠.

산모는 비명을 질러 댔어요. 얼이 빠진 루이는 소리도 못 내고 눈물만 뚝뚝 흘렸어요. 눈앞에서 벌어지고 있는 일이 너무나 무서웠거든요. 좀 떨어진 곳에 정박해 있던 배의 할멈이 아이가 잘못 선 게 틀림없다고 말했어요.

자정이 되자 루이가 의사 집을 찾아가 벨을 누릅니다. 누군가 나와 의사가 곧 갈 거라고 대답합니다.

30분 후, 그가 다시 벨을 누릅니다. 복도는 음악 소리로 가득합니다.

루이의 아내는 행인들이 강둑에서 흠칫 걸음을 멈췄다가 빠른 걸음으로 달아날 정도로 끔찍한 비명을 질러 댑니다.

마침내 초대 손님들이 집으로 돌아갑니다. 키 작은 의사가 완전히 취하진 않았지만 그렇다고 완전히 멀쩡하지도 않은 상태로 도착합니다. 그가 웃옷을 벗고 소매를 걷어붙입니다.

〈겸자가 필요할 것 같소…….〉

그들은 아주 비좁은 곳에 있습니다. 서로 몸이 부딪힐 정도로. 그리고 의사가 아이의 머리를 으깨야겠다고 말합니다.

〈안 돼요, 절대 안 돼!〉 루이가 그에게 소리칩니다.

〈산모라도 살려야 되지 않겠소?〉

의사는 졸음이 쏟아집니다. 더 이상 버틸 수가 없습니다. 그래서 사고를 치고 맙니다. 한 시간 후 그가 일어났을 때, 루이는 아내가 더 이상 비명을 지르지도 움직이지도 않는 것을 봅니다…….」

가생이 매그레를 똑바로 쳐다보며 결론지었다.

「루이는 그를 죽였어요.」

「의사를?」

「담담하게 그냥 머리에 대고 한 발, 배에 대고 또 한 발, 그러고는 마치 권총을 삼킬 것처럼 입을 벌렸어요. 곧 세 번째 총성이 울렸죠. 배는 석 달 후에 사람들이 경매로 팔아 치웠어요.」

가생은 왜 웃었을까? 매그레는 다른 날들처럼 코가 삐뚤어지게 취해 적의를 드러내는 그가 더 좋았다.

「이제 날 어떻게 할 겁니까?」 별 호기심 없이 그가 물었다.

「바보짓 하지 않겠다고 약속해 주겠소?」

「어떤 걸 바보짓이라고 부르는 거죠?」

「뒤크로는 늘 당신 친구였소, 아니오?」

「같은 마을 출신이죠. 함께 항해를 했어요.」

「그는 당신을 많이 좋아합니다.」

이 말을 하는 매그레의 발음은 서툴렀다.

「어쩌면 그럴지도.」

「말해 봐요, 가생, 당신은 누구에게 원한을 품고 있는 겁니까? 남자 대 남자로 말하는 겁니다.」

「당신은요?」

「무슨 말인지 모르겠군요.」

「누구를 쫓고 있는지 묻는 겁니다. 당신은 뭔가 찾고 있어요. 뭘 찾았습니까?」

전혀 뜻밖이었다. 매그레가 술주정뱅이로만 여겼던 사

내가 주점 구석 자리에 앉아 술을 마셔 가며 개인적으로 수사를 벌이고 있었던 것이다. 가생이 말하고자 한 건 바로 그것이었다!

「아직 손에 잡히는 건 전혀 찾아내지 못했소.」

「나 역시.」

하지만 그는 찾고 있는 중이었다! 그것이 그 무겁고 차가운 눈길의 의미였다. 구두끈과 넥타이를 돌려준 매그레가 옳았다. 사건은 이제 볼품없는 경찰서와는, 심지어 경찰과도 아무런 관계가 없었다. 그들은 마주 보고 앉은 두 사내에 불과했다.

「당신은 뒤크로가 당한 습격과는 아무 관련이 없소, 안 그렇소?」

「눈곱만큼도.」 가생이 냉소 어린 목소리로 대답했다.

「당신은 장 뒤크로의 자살에도 전혀 책임이 없소.」

가생은 입을 다물고 천천히 고개를 끄덕였다.

「당신은 베베르의 친척도 친구도 아니었소. 당신에겐 그의 목을 매달 어떠한 이유도 없소.」

가생이 한숨을 내쉬며 일어섰다. 매그레는 너무 작고 늙은 그를 보고 적잖이 놀랐다.

「아는 걸 말해 주시오, 가생. 샬롱의 당신 동료는 아무것도 남기지 않았소. 하지만 당신에겐 딸이 있잖소.」

매그레는 곧 후회했다. 끔찍할 정도로 집요하게 물고

늘어지는 노인의 눈길 때문에 거짓말을 해야 할, 무슨 일이 있어도 딱 잡아떼야 할 필요성을 느꼈다.

「당신 딸은 나을 겁니다.」

「아마도 그러겠죠.」

그는 어찌 되든 상관없는 일인 것처럼 말했다. 문제는 그게 아니었다, 아무렴! 매그레도 그것을 알고 있었다. 그들은 그가 가능하면 피하고 싶었던 곳에 도달해 있었다. 하지만 가생은 질문을 던지지 않았다. 입을 다물고 쳐다보기만 했다. 그게 다였다. 그래서 불안했다.

「당신은 지금까지 당신 배에서 행복하게 지냈소…….」

「내가 왜 늘 똑같은 항로를 다니는지 아십니까? 집사람과 결혼했을 때 함께 지났던 곳이기 때문입니다.」

그의 살은 돌처럼 딱딱했고, 피부는 검은색의 가는 주름으로 갈라져 있었다.

「대답해 보시오, 가생, 누가 뒤크로를 공격했는지 알고 있소?」

「아직은 모릅니다.」

「그의 아들이 자기 짓이라고 한 이유는?」

「대충.」

「보조 수문지기의 목이 매달린 이유는?」

「모릅니다.」

그는 진실을 말하고 있었다. 그것은 의심의 여지가 없

었다.

「날 감옥에 넣을 겁니까?」

「당신을 불법 무기 소지죄로 체포하지는 않겠소. 다만, 수사가 끝날 때까지 인내심을 가지고 차분하게 기다려 주시오.」

밝은색의 작은 눈이 또다시 공격적으로 변했다.

「난 샬롱의 의사가 아니오.」 매그레가 덧붙였다.

가생이 씩 웃었고, 반장은 심문이라고도 할 수 없는 그 심문에 지쳐 일어섰다.

「지금 당장 당신을 풀어 주겠소.」

달리 할 수 있는 게 없었다. 바깥은 여전히 비 한 방울도, 소나기도 구름도 없는 봄 같지 않은 봄이었다. 작은 광장에 서 있는 밤나무 주변의 땅은 딱딱하고 허옇게 말라 있었다. 시에서 나온 살수차들이 하루 종일 한여름만큼이나 물렁물렁해진 아스팔트에 물을 뿌리고 다녔다.

센 강, 마른 강, 그리고 수로에서도 색칠이나 니스 칠을 한 소형 보트를 탄 사람들이 팔을 걷어붙이고 노를 저어 바지선 사이를 요리조리 빠져나갔다.

인도마다 테라스가 설치되었고, 카페마다 시원한 맥주 냄새가 지나가는 행인들을 유혹했다. 선원들 대다수가 아직 배로 돌아가지 않고 있었다. 그들은 옷깃을 빳빳하게 세우고 점점 더 벌게지는 얼굴로 이 술집 저 술집을 전전했다.

한 시간 후, 강둑의 한 카페에 있던 매그레는 가생 노인 역시 배로 돌아가지 않았고, 댄스홀 위층에 있는 카트린의 집에 방을 하나 잡았다는 보고를 받았다.

8

보랏빛이 감도는 푸른 하늘에서 길게 늘어난 집들이 비치는 물에 이르기까지, 어린 시절의 추억 속에만 존재할 것 같은 더없이 맑고 상큼한 일요일이었다. 택시들도 다른 날보다 더 붉거나 푸르렀고, 텅 빈 탓에 울림이 더 큰 거리들은 아주 작은 소리도 서로 되돌려 보내며 즐기고 있었다.

매그레는 샤랑통의 수문에 도착하기 조금 전에 택시를 세웠다. 가생을 감시하라는 지시를 받았던 뤼카 형사가 주점에서 나와 그에게로 다가왔다.

「움직이지 않았습니다. 어제저녁에 댄스홀 여자하고 술을 마셨는데, 저 집 밖으로는 나오질 않았어요. 아마 아직 자고 있는 모양입니다.」

바지선들의 갑판도 거리들만큼이나 한적했다. 어린 꼬마 하나가 키에 걸터앉아 주말 나들이용 양말을 신고 있었다. 뤼카가 투아종 도로호를 가리키며 말을 이었다.

「어제 미친 여자가 안절부절못하더군요. 너덧 번 승강구에서 불쑥 나왔는데, 한 번은 길모퉁이 주점으로 달려가기까지 했어요. 선원들이 그녀를 보고는 노인을 찾으러 갔어요. 그런데 노인은 돌아가려 하질 않았죠. 매장식과 그와 관련된 모든 것 때문에 뭔가 불편한 분위기가 생겨났어요. 자정까지 끊임없이 사람들이 배 위에서 서성댔거든요. 모두 노인의 배 쪽을 쳐다봤죠. 또 한 가지, 댄스홀이 다시 사람들로 북적대기 시작했어요. 음악 소리가 수문까지 들렸거든요. 선원들은 여전히 나들이옷 차림이었어요. 미친 여자가 결국 잠이 들었던 모양이에요. 하지만 오늘 아침 날이 밝자마자 그녀는 새끼 잃은 어미 고양이처럼 맨발로 주변을 돌아다녔어요. 그렇게 다니면서 서너 바지선 주민들의 잠을 깨워 놨죠. 반장님도 두 시간 전에 오셨다면 승강구마다 잠옷 차림으로 나와 있는 부부들을 보실 수 있었을 겁니다. 어쨌거나 어느 누구도 그녀에게 노인이 어디 있는지 말해 주지 않았어요. 차라리그게 더 나았던 것 같아요. 한 여자가 그녀를 투아종 도로호로 데려갔고, 지금은 둘이 함께 아침 식사를 준비하고 있어요. 보세요, 굴뚝에서 연기가 피어오르는 게 보이잖아요.」

거의 모든 바지선에서 연기가 곧게 피어오르고 있었

다. 뜨거운 커피 향이 번지는 가운데 사람들이 옷을 입고 있었다.

「노인을 계속 감시하게.」매그레가 말했다.

그는 곧장 다시 택시를 타는 대신 아직 문이 열려 있는 댄스홀로 들어갔다. 여자가 비질을 하기 위해 마룻바닥에 물을 뿌리고 있었다.

「저 위에 있소?」반장이 물었다.

「발소리가 나는 걸로 보아 방금 일어난 것 같아요.」

계단 몇 개를 오른 매그레는 귀를 기울였다. 여인의 말대로 누군가 방 안에서 오락가락하고 있었다. 문이 열렸고, 가생이 비누 거품으로 뒤덮인 얼굴을 내밀고는 어깨를 으쓱한 다음 다시 안으로 들어가 버렸다.

예인로에 의해 센 강과 분리된 뒤크로의 사무아 별장은 방문객을 맞이하는 앞뜰 뒤쪽으로 집 세 채가 서 있는 꽤 큰 건축물이었다. 택시가 멈췄을 때, 뒤크로는 평소처럼 감색 옷에다 머리에 새 모자를 쓰고 철책 문 근처에서 기다리고 있었다.

「택시는 돌려보내도 됩니다. 내 차로 모셔다 드릴 테니.」그가 매그레에게 말했다.

그는 반장이 택시비를 지불할 때까지 기다렸다. 그리고 나서 그답지 않게도 꼼꼼하게 철책 문을 잠그고 열쇠를 주머니에 넣은 다음, 뜰 안쪽에서 물을 뿌려 가며 회색 자동차를 닦고 있는 운전기사를 불렀다.

「에드가! 아무도 들여보내지 말고, 집 주변에서 얼쩡대는 사람을 보면 즉시 내게 알리게.」

그러고는 심각한 표정으로 매그레를 쳐다보며 물었다.

「그는 어디 있소?」

「채비를 하고 있습니다.」

「알린은? 불안에 사로잡히진 않았소?」

「그를 찾아다녔어요. 지금은 이웃 여자가 배에 데리고 있어요.」

「뭐 좀 드시겠소? 점심 식사는 한 시간 후에나 할 겁니다.」

「됐습니다.」

「뭐라도 한잔?」

「지금 말고요.」

뒤크로는 뜰에 서서 건물들을 올려다보았다. 그가 지팡이 끝으로 창문 하나를 가리켰다.

「마누라는 아직 옷을 안 갖춰 입었고, 딸년 내외는 말다툼을 벌이고 있어요. 들리죠?」

아닌 게 아니라 창들이 열려 있는 2층 침실에서 서로 날카롭게 쏘아붙이는 목소리들이 들려왔다.

「텃밭은 집 뒤쪽에 있어요. 옛날 마구간들과 함께. 왼쪽 집은 유명한 출판인의 것이고, 오른쪽 집에는 영국인들이 삽니다.」

센 강과 퐁텐블로 숲의 중간쯤인 그곳 주변에는 시골
집과 별장들이 즐비했다. 이웃 테니스 코트에서 볼이 오
가는 둔탁한 소리가 들려왔다. 정원들이 서로 붙어 있었
다. 하얀 옷을 입은 노파 하나가 잔디 가장자리에 흔들의
자를 내놓고 앉아 있었다.

「정말 아무것도 안 마시겠소?」

뒤크로는 당황한 듯 보였다. 마치 손님을 어떻게 대접
해야 할지 스스로 묻고 있는 것 같았다. 그는 면도도 하
지 않은 상태였다. 눈꺼풀이 축 처져 있었다.

「보시오! 우리가 일요일을 보내는 곳이 바로 여기외다.」

한숨을 쉬는 것 같은 말투였다.

「산다는 게 얼마나 처량할 수 있는지 상상해 봐요!」

대조를 이루는 응달과 양달, 하얀 벽, 덩굴장미, 그리
고 바닥에 깔린 둥근 자갈, 두 사람 주변은 쥐 죽은 듯 고
요했다. 작은 배들이 떠 있는 센 강은 부드럽게 흘렀고,
사람들이 말을 타고 예인로를 지나갔다.

뒤크로는 파이프에 담배를 채우며 텃밭을 향해 걸어갔
다. 그러고는 채소밭을 헤집고 돌아다니는 공작을 가리
키며 투덜거렸다.

「호화로워 보인다고 확신한 딸년의 아이디어예요. 백
조도 몇 마리 키우고 싶어 했는데, 물이 있어야죠!」

그가 별생각 없이 이렇게 지껄이다가 갑자기 매그레를 똑바로 쳐다보며 말했다.

「당신은, 그사이 생각이 달라지진 않았소?」

그 질문은 무심코 던진 게 아니었다. 오래전부터, 아마도 그 전날부터 준비한 것일 터였다. 그의 머릿속에는 그 질문밖에 없었다. 그 때문에 노심초사할 정도로 엄청난 중요성을 부여하고 있었다.

매그레는 담배를 피우며 연기가 투명한 공기 속으로 퍼져 올라가는 것을 바라보았다.

「난 수요일에 경찰을 떠납니다.」

「알아요.」

두 남자는 그렇게 보이길 바라지는 않았지만 서로를 아주 잘 이해했다. 뒤크로가 철책 문을 잠근 것도 우연이 아니었고, 황량한 텃밭을 돌아다닌 것 또한 우연이 아니었다.

「이제 할 만큼 하지 않았나요?」 반장이 너무나 나지막하게, 마치 아무것도 아닌 것처럼 말했기 때문에 그가 정말 말을 했는지 의심스러울 정도였다.

뒤크로가 갑자기 멈춰 서서는 모종을 덮는 종 모양의 유리 덮개를 한참 동안 쳐다보았다. 고개를 든 그의 표정은 변해 있었다. 조금 전만 해도 그는 가면을 쓰지 않은, 난처하고 불안한 상황에서 어떻게 해야 할지 망설이는 사내였었다.

하지만 이제는 더 이상 그 사내가 아니었다. 표정이 딱딱하게 굳고, 입술에 악의에 찬 미소가 떠돌았다. 그는 매그레가 아니라 주변 배경을, 하늘을, 하얀 저택의 창문들을 쳐다보고 있었다.

「날 보고 있을 테죠, 안 그렇소?」

그의 눈길이 마침내 매그레를 똑바로 쳐다보았다. 그것은 억지로 상황을 낙관하려고 애쓰는, 자신이 없어지자 오히려 위협하려고 시도하는 사람의 눈길이었다.

「우리 다른 얘길 합시다. 아무리 그래도 가서 한잔하는 게 어떻겠소? 내가 놀란 게 뭔지 아시오? 당신이 드샤름이나 내 정부 등에 대해서는 전혀 수사하지 않는다는 점이오.」

「다른 얘길 하자면서요?」

하지만 뒤크로는 사람 좋은 표정을 지으며 매그레의 어깨를 툭툭 쳤다. 그러고는 말을 이었다.

「잠깐! 우리 서로 솔직하게 털어놓읍시다. 우선 누가 죄인이라고 의심하는지부터 말해 주시오.」

「무엇에 대한 죄인 말입니까?」

그들은 둘 다 웃었다. 멀리서 그 광경을 본 사람이 있다면, 그들이 하찮은 주제에 대해 농담을 주고받는다고 여겼을 것이다.

「모든 것에 대한.」

「사안별로 죄인이 각각 따로 있다면?」

뒤크로는 눈썹을 찡그렸다. 대답이 마음에 들지 않았던 것이다. 그가 문을 하나 밀고 들어갔는데, 그게 하필이면 그의 아내가 목욕 가운 차림으로 더러운 앞치마를 입은 하녀에게 잔소리를 하고 있는 부엌문이었다. 혼비백산한 그녀가 급히 쪽 찐 머리를 매만지며 사과의 말을 더듬거리는 동안, 그녀의 남편이 으르렁댔다.

「됐어! 반장은 그런 것 따윈 신경도 안 써! 멜리, 지하 창고에 가서 술 한 병 가져와. ……술은 어떤 걸로 하시겠소? ……샴페인? 싫어요? 그럼, 거실로 가서 아페리티프나 마십시다.」

그가 거칠게 문을 다시 닫았다. 그러자 거실 창틀에 줄줄이 서 있던 술병들이 흔들거렸다.

「페르노? 장시안? 보셨죠? 딸년은 더해요! 상중만 아니라면, 아마 조금 있다가 분홍색이나 녹색 비단 드레스 차림에 입술에는 부자연스러운 미소를 달고 녹아내릴 듯 달콤한 표정을 지으며 내려올 겁니다.」

그가 잔 두 개를 채우고, 안락의자 하나를 매그레 쪽으로 밀었다.

「오늘 오후에도 그러겠지만 이웃들이 특히 우리가 테라스에 나가서 식사를 할 때 우릴 보고 킬킬대든 말든 난 상관 안 합니다!」

　그의 느린 눈길이 한 물건에서 다른 물건으로 옮아갔
다. 호화로운 거실엔 어마어마하게 큰 그랜드 피아노가
놓여 있었다.

　「반장의 건강을 위하여! 첫 예인선을 사려고 했을 때,
물론 내겐 지불상의 편의가 필요했소. 나한테 어음이 열
두 장 있었는데, 은행에서 하는 말이 보증인을 세우면 받
아 주겠다고 하더군요. 그래서 장인에게 보증을 서달라
고 부탁했소. 그런데 일언지하에 거절하더군. 자신에게
가족을 파산의 위험에 빠뜨릴 권리는 없다면서! 그런데
지금은 내가 장모를 부양하고 있다오.」

　그때 품었던 앙심이 내부에 너무 깊이 닻을 내리고 있
어서 그 일을 입에 올리는 것만으로도 치가 떨리는 게 느
껴졌다. 그는 다른 대화 주제를 찾고 있었다. 그가 시가
상자를 끌어당기며 물었다.

　「한 대 피우겠소? 당신 파이프가 더 좋다면 개의치 말
고 피우시구려!」

　그와 동시에 그는 탁자에 놓여 있는 수놓인 작은 식탁
보를 움켜쥐었다.

　「이따위 거나 만들면서 시간을 보내고 있으니! 그 멍
청한 장교 녀석은 신문 마지막 페이지에 실리는 체스 경
기 해설이나 들여다보고 있다오!」

그는 다른 것을 생각하고 있었다. 뒤크로가 어떤 사람인지 감을 잡기 시작한 매그레는 그의 눈이 입으로 내뱉는 말과 따로 노는 것을 보고 싱긋이 웃었다.

그의 눈? 그것은 끊임없이 반장을 염탐하고 있었다. 반장의 속내를 가늠해 보려고 애쓰고 있었다. 매 순간 자신의 최초 판단이 정확한지, 특히 그에게 어떤 약점이 있을 수 있는지 묻고 있었다.

「로즈는 어떻게 하셨습니까?」

「내가 방을 비워 달라고 했소. 어디로 갔는지조차 모르겠네. 그런데도 그 아가씨, 염치는 좋아서 매장식에는 왔더구먼. 거창한 상복에다 얼굴에는 분을 덕지덕지 처바르고!」

그는 초조해하고 있었다. 모든 게 그의 성질을 돋우었다. 그가 계속 움켜쥐고 있는 식탁보 같은 물건들마저도 미운 것 같았다.

「로즈도 막심에 있을 때는 매력적이고 쾌활했소. 적어도 내 마누라 같은 여자들하고는 뭔가 다른 구석이 있었지! 그래서 살림을 차려 들여앉혔더니 뒤룩뒤룩 살이 찌면서 직접 빨래를 하고 관리인처럼 요리를 해보려고 애쓰더군.」

매그레는 뒤크로의 삶을 야금야금 좀먹는 그 익살스러운 드라마를 이미 오래전에 눈치채고 있었다. 그는 맨

손으로 출발했다. 그리고 돈을 삽으로 쓸어 담았다. 거물급 부르주아들과 사업을 하면서 그들의 삶을 들여다봤다. 그런데 자기 식구들은 만날 그 모양 그 꼴이었다. 그의 아내는 사무아에 와서도 예인선 뒤편에서 빨래를 하던 시절과 똑같이 촌스럽게 행동했다. 딸은 벼락부자가 된 소시민의 풍자화에 지나지 않았다.

뒤크로는 자기가 모욕을 당한 것처럼 그것을 고통스러워했다. 하얀 대저택에 운전기사와 정원사까지 뒀는데도 이웃들이 자신을 우습게 여긴다는 것을 절실하게 느끼고 있었다.

그는 잔디밭이나 테라스에 나와 있는 이웃들을 부러운 눈길로 바라보았다. 속이 부글부글 끓어올랐다. 그래서 반발이라도 하듯 바닥에 침을 뱉고, 주머니에 손을 찔러 넣고, 거친 말을 해댔다.

층계에서 발소리가 들리자, 그가 슬쩍 윙크를 하며 나지막이 말했다.

「드디어 내려오는군!」

머리를 단정하게 빗고 검은색 상복을 훌륭하게 차려입은 그의 딸과 사위였다. 그들은 크나큰 불행을 당한 사람답게 고통스러운 표정을 지으며 조신하게 고개 숙여 인사했다.

「만나 뵙게 되어 반갑습니다, 반장님. 반장님 얘기는

143

아버님께 자주 들었습니다. 그리고…….」

「됐어! 차라리 뭐나 좀 마셔!」

그들이 내려오자 뒤크로의 역정이 더 심해졌다. 그는 창가에 서서 센 강과 겹쳐져 윤곽이 더 또렷하게 드러나는 철책 문을 바라보았다.

「무례를 용서해 주실 거죠, 반장님?」

사위는 금발에 단정했고, 많은 것을 체념한 듯 보였다.

「포르토 좀 줄까?」 그가 아내에게 물었다.

「어떤 술을 드셨습니까, 반장님?」

뒤크로는 창가에 서서 안달을 부리고 있었다. 쏘아붙일 험한 말을 찾고 있었던 건 아닐까? 어쨌거나 그가 휙 돌아서며 으르렁거렸다.

「반장이 나한테 너희에 대한 정보를 물었어. 너희에게 큰 빚이 있다는 것을 아는 만큼, 내가 죽으면 모든 게 해결될 수 있다는 점을 지적하더구나. 장의 죽음으로 너희의 희망이 배가되었다는 것도.」

「아빠……!」 가장자리를 검은 실로 수놓은 손수건을 눈가로 가져가며 그의 딸이 외쳤다.

「아빠……!」 뒤크로가 자기 딸을 흉내 냈다. 「그래서 뭐? 빚을 진 게 나야? 남쪽 지방에 가서 살고 싶어 하는 게 나야?」

부부에겐 익숙한 상황인 듯했다. 드샤름이 훨씬 교활

했다. 그는 뒤크로의 악담을 일종의 농담이나 일시적으로 기분이 안 좋아 내뱉는 말쯤으로 여긴다는 듯 입꼬리에 살짝 매달리는 슬픈 미소를 지어 보였다. 그는 손이 아주 고왔는데, 희고 긴 손가락으로 백금 결혼반지를 만지작거렸다.

「애들이 출산을 기다리고 있다는 얘기 했던가요?」

베르트 뒤크로가 창피하다는 듯 손으로 얼굴을 가렸다. 민망한 일이었다. 뒤크로도 그것을 잘 알고 있었다. 그래서 일부러 그랬던 것이다. 운전기사가 뜰을 가로질러 현관 앞 층계로 다가오자 뒤크로가 창문을 열고 그를 불렀다.

「무슨 일인가?」

「사장님께서 아까 말씀하시길……」

「그래! 그래서?」

당황한 운전기사가 철책 문 너머 풀숲에 퍼질러 앉아 주머니에서 빵 조각을 꺼내는 농부를 가리켰다.

「멍청한 놈!」

창문이 다시 닫혔다. 깨끗한 앞치마로 갈아입고 붉은색 파라솔을 친 테라스에 식탁을 차리고 있는 하녀가 보였다.

「넌 저녁 때 먹을 게 뭐가 있는지 제대로 알기나 해?」

그의 딸이 그 틈을 이용해 나갔고, 드샤름은 피아노 악보를 훑어보는 척했다.

「피아노를 치시오?」 매그레가 그에게 물었다.

대답을 한 건 뒤크로였다.

「그가요? 치기는 개뿔을! 여기 피아노 칠 줄 아는 사람
아무도 없어요! 피아노, 그거 다른 것들과 마찬가지로 그
냥 폼으로 갖다 놓은 거요!」

거실은 서늘한 편이었지만 그의 이마는 땀으로 젖어
있었다.

왼쪽 집 이웃들은 여전히 테니스를 치고 있었다. 제복
차림의 하인 하나가 그들에게 시원한 음료를 가져다줄
때, 뒤크로 집안 사람들은 테라스에서 점심 식사를 하고
있었다. 파라솔이 햇빛을 충분히 가리지 못했기 때문에
베르트 뒤크로의 검은색 비단 드레스 겨드랑이 부분이
반원형으로 젖었다. 뒤크로가 워낙 긴장하고 있어서 그
를 보는 것만으로도 피곤했다. 그가 말하는 모든 것, 그
가 하는 모든 것이 사람들을 힘들게 했다.

아내가 생선 요리를 내오자, 그는 어디 한번 보자고 하
더니 쿵쿵 냄새를 맡아 보고, 검지로 콕콕 찔러 본 후에
퇴짜를 놓았다.

「도로 가져가!」

「하지만 여보……」

「가져가란 말이야!」

부엌에서 돌아온 아내의 눈은 붉게 충혈되어 있었다. 뒤크로가 매그레를 향해 돌아보며 목소리를 낮춰 물었다.

「은퇴하는 날이 수요일이라고 하셨지. 수요일 저녁이요, 아침이오?」

「자정이오.」

그러자 그는 곧바로 사위를 공격했다.

「나와 함께 일해 주면 반장에게 얼마를 주겠다고 제안했는지 아나? 15만. 20만을 달라고 해도 난 오케이야!」

무슨 일이 벌어지고 있는지 혼자만 아는 매그레는 다른 사람들보다 훨씬 더 그 자리가 불편했다. 걷잡을 수 없는 공포를 극복하려고 발버둥 치는 뒤크로의 모습이 무엇보다 비극적이었으니까. 살짝 우스꽝스럽고 가증스러운 면도 있었지만.

커피를 마시면서 뒤크로는 다른 것을 찾아냈다.

「이것 봐, 이게 바로 사람들이 가족이라고 부르는 거야.」 그들이 둥그렇게 둘러앉은 식탁을 가리키며 뒤크로가 말했다. 「우선 어깨에 모든 짐을 짊어지고 있는, 언제나 짊어졌고, 뒈질 때까지 짊어질 남자가 있어. 그리고 아무것도 안 하면서 그에게 질질 매달리는 다른 사람들이 있지…….」

「또 시작할 거예요?」 그의 딸이 벌떡 일어서며 물었다.

「그래, 네 말이 맞아. 어디 가서 한 바퀴 돌고 와. 어쩌면 팔자 좋게 보내는 마지막 일요일이 될지도 모르니까.」

그녀가 움찔했다. 냅킨으로 입술을 닦고 있던 그녀의 남편이 고개를 들었다. 뒤크로 부인은 못 들었는지 아무 반응도 보이지 않았다.

「그게 무슨 뜻이에요?」

「그냥! 아무 뜻도 없어! 네 남프랑스 여행 준비나 계속해!」

그러자 때를 가리는 눈치가 부족한 게 확실한 사위가 점잖게 말했다.

「베르트하고 깊이 생각해 봤습니다. 남프랑스는 좀 멀어요. 그래서 루아르 강가에 괜찮은 집이 있으면……」

「그래, 맞아! 반장한테 그의 시골집 근처에서 괜찮은 집 하나 찾아 달라고 부탁하면 되겠네. 너희를 이웃으로 두는 즐거움을 위해서라도 꼭 찾아 줄 거야!」

「루아르 강가에 사세요?」 드샤름이 흥분해 물었다.

「아마도 거기서 살게 될 거요.」

매그레가 천천히 그를 향해 고개를 돌렸다. 그도 이번에는 웃지 않았다. 가슴이 쿵 하고 내려앉는 충격을, 입술을 부들부들 떨리게 하는 전율을 느꼈던 것이다. 그는 며칠 전부터 구역질 나는 불확실성 속에서 전전긍긍하고 있었다. 그런데 말 한마디에 갑자기 모든 게 변해 버렸던 것이다.

〈아마도!〉

뒤크로는 그 순간의 가치를 의식하며, 매그레만큼이나 심각한 표정으로 그의 눈길을 버텨 냈다.

「반장님 댁은 어느 쪽입니까?」

하지만 사위의 말은 그들 두 사람이 전혀 신경 쓰지 않는 윙윙거림에 불과했다. 대결의 흥분이 번들거리는 얼굴을 환하게 밝히는 동안, 뒤크로가 콧구멍을 벌름거리며 내쉬는 숨소리가 오히려 더 크게 들렸다.

그들은 서로의 주변을 충분히 맴돌았다. 감히 주먹을 뻗지는 못한 채 서로를 충분히 탐색했다.

이제 매그레도 숨쉬기가 훨씬 편했다. 그가 파이프에 담배를 다져 넣었다. 그의 손가락들이 담배통을 관능적으로 들락거렸다.

「전 콘이나 지앙 지역이었으면 좋겠어요…….」

아가씨들의 하얀 테니스복이 펄럭이는 붉은 코트에서 공들이 튀어 올랐다. 작은 모터보트가 기분 좋은 고양이가 가르랑거리는 소리를 내며 센 강의 흐름을 거슬러 올라갔다.

뒤크로 부인이 하녀를 부르기 위해 작은 종을 흔들어 댔다. 하지만 그 모든 것은 마침내 서로 조우한 두 남자에게 조금도 중요하지 않았다. 아니, 아예 존재하질 않았다.

「자넨 방에서 질질 짜고 있을 자네 아내한테나 가보게.」

「그렇게 생각하세요? 그저 임신 중이라 신경이 날카로워져서 그런 것 같은데요.」

「저런 멍청한 놈!」 사위가 사과를 하고 물러가는 동안 뒤크로가 헛웃음을 터뜨렸다. 「당신은 뭐가 필요해서 그렇게 종을 울려 대?」

「로잘리가 식후 술을 깜빡했어요.」

「그건 걱정하지 마. 술을 마시고 싶으면 우리가 찾아서 마실 테니. 안 그렇소, 매그레?」

그는 〈반장〉이라고 부르지 않았다. 그냥 〈매그레〉라고 불렀다. 그가 일어나서 냅킨으로 입술을 훔치고는 풍경을 한 바퀴 둘러보며 가슴을 앞으로 쑥 내밀었다. 가슴 가득 공기를 들이마시고 그 역시 기분 좋은 고양이처럼 가르랑거렸다.

「어떻게 생각하시오?」

「무엇에 대해서요?」

「모든 것에 대해서! 이 모든 것에 대해서! 어, 기분 좋구먼! 봐요, 이젠 수문지기조차 가족과 함께 바깥에 나와 점심을 먹는군! 아주 초기에, 내가 마부였을 때는 가생과 함께 강둑 비탈에 걸터앉아 간단한 식사를 했소. 그러고는 말들이 두 시간 정도는 쉬어야 하니까 우리도 풀숲에 누워 잠시 눈을 붙였다오. 메뚜기들이 우리 머리 위를 휙 휙 지나다녔지……」

그는 눈동자가 마치 이중으로 되어 있는 것 같았다. 우선, 즐겁게 경치를 쓰다듬듯 바라보는 약간 흐릿한 시선이 있었고, 그 중앙에 첫 번째 것과 독립적으로 움직이는 날카롭고, 정확하고, 사나운 또 다른 눈길이 있었다.

「소화도 시킬 겸 잠시 걷겠소?」

그가 철책 문을 향해 걸어가더니 문을 열었다. 하지만 예인로에 도달하기 전에 뒷주머니에 손을 넣어 보란 듯이 브라우닝 권총을 꺼내고는 탄창을 확인했다.

그것은 연극적이고 유치했다. 그래도 인상적이기는 했다. 매그레는 잠자코 아무것도 못 본 척했다. 위층 침실에서 목소리들이 들려왔다. 그중 하나는 몹시 화가 나 있었다.

「내가 뭐랬소? 또 싸우고 있잖아.」

뒤크로는 주머니에 권총을 찔러 넣은 채 일요일에 산책 나온 사람처럼 가슴을 내밀고 여유롭게 매그레와 나란히 걸었다. 그가 수문 앞에서 잠시 멈춰 서더니 수많은 균열된 틈새로 새어나오는 물과 그 옆에 식탁을 차려놓고 식사하는 가족을 바라보았다.

「오늘이 며칠이오?」

「4월 13일.」

그가 의심에 찬 눈길로 매그레를 쳐다보았다.

「13일? 아!」

그들은 다시 걷기 시작했다.

9

세상 만물이 황혼을 기다리며 제 속으로 기어들기 때문에 더 깊은 색채를 띠지만 떨림은 없는 그런 시각이었다. 이런 시각이면 숲이 우거진 언덕 위에 걸려 있는 붉은 태양을 정면으로 바라볼 수 있었다. 물의 반사광도 더 넓고 화려했지만 그럼에도 이미 차갑고 퇴색해 버린 뭔가를 뿜어내고 있었다.

수문 바로 위쪽에서 산책을 하던 사람들이 보트에 장착된 모터를 작동시키려고 애쓰는 젊은이를 바라보았다. 모터가 몇 바퀴 돌아가더니 공기를 빨아들이다가 털털거리는 소리와 함께 꺼져 버렸다. 크랭크 핸들을 죽어라 돌리는 진 빠지는 작업이 또다시 시작되었다.

뒤크로가 갑자기 걸음을 멈추고 뒷짐을 진 채 강가에 줄지어 선 집들을 바라보았다. 매그레는 전혀 비정상적인 것은 발견하지 못했다.

「저기 좀 보시오, 반장.」

그 집들은 꽤 호화로운 식당들과 호텔들이었다. 인도를 따라 차들이 길게 늘어서 있었다. 두 식당 사이에 운전기사들에게 식사를 제공하는 것으로 보이는, 일요일을 맞아 테라스 삼아 테이블 네 개를 바깥에 내놓은 비좁은 카페가 하나 있었다.

매그레는 근처에 있어야 할 뭔가를 찾고 있었다. 행인들의 그림자가 길게 늘어났다. 벌써 밀짚모자 몇몇이 눈에 띄었다. 가벼운 원피스들은 그보다 훨씬 더 많았다. 반장의 눈길이 결국 친숙한 실루엣, 맥주를 앞에 놓고 작은 테라스에 앉아 있는 뤼카 형사의 실루엣을 찾아냈다. 뤼카 역시 매그레를 발견하고 도로 건너편에서 씩 웃어 보였다. 그는 날씨 좋은 일요일에 거기, 화분에 옮겨 심은 월계수 근처, 그늘을 드리워 주는 붉은색과 노란색 줄무늬 천막 아래 앉아 있는 게 몹시 행복해 보였다.

반장은 그의 오른쪽, 테라스 안쪽에서 아주 작은 원탁에 팔꿈치를 괴고 열심히 편지를 쓰고 있는 가생 노인을 이미 포착하고 있었다.

사람들이 뽀얗게 먼지를 일으키며 무리 지어 걸어오는 것으로 보아 어디선가 축제가 벌어졌던 모양이었다. 두 사내가 지나가는 군중 속에 우뚝 서 있는 것을, 그 둘 중 하나가 주머니에 손을 집어넣으며 이렇게 묻는 것을 눈

여겨보는 사람은 아무도 없었다.

「이런 게 바로 정당방위라고 불리는 거요?」

뒤크로의 말은 농담이 아니었다. 그는 가끔씩 편지에 쓸 말을 생각하기 위해 고개를 드는, 하지만 주변 사람들에게는 신경조차 쓰지 않는 것처럼 보이는 노인에게서 잠시도 눈을 떼지 못했다.

매그레는 대답하지 않았다. 뤼카에게 슬쩍 신호를 보내고 그저 수문 방향으로 몇 걸음 더 나아갔다. 뒤크로가 마지못해 그를 따랐다.

「내가 한 질문 들었소?」

모터보트가 마침내 출발해 물 위를 미끄러지며 일렁이는 물결의 아라베스크를 그렸다.

「부르신 거죠, 반장님?」

뤼카였다. 그 역시 다른 사람들처럼 센 강을 바라보며 말했다.

「그가 무장을 했나?」

「아뇨. 방을 이미 뒤져 봤는데 무기는 없었습니다. 오는 길에 어디 들른 적도 없었고요.」

「그가 자네의 미행을 눈치챘나?」

「아닐 겁니다. 오는 내내 깊은 생각에 빠져 있었거든요.」

「어떻게든 그 편지를 손에 넣어 보게. 어서 가봐!」

「당신, 아직 내 질문에 답하지 않았소.」 다시 걷기 시작하자마자 뒤크로가 집요하게 물고 늘어졌다.

「들으셨잖소, 그에게 무기가 없다는 걸.」

그들은 계속 걸었고, 어느새 뒤크로의 하얀 저택에 다다르고 있었다.

「요컨대, 우린 각자 수호천사를 하나씩 데리고 있는 셈이로군.」 뒤크로가 빈정거렸다. 「저녁 식사도 함께 하는 편이 낫겠소. 기왕 늦은 김에 하룻밤 묵어 주겠다면……」

그가 철책 문을 밀었다. 그의 아내와 딸, 사위가 테라스에서 차를 마시고 있는 게 보였다. 운전기사는 타이어 튜브를 수선하고 있었다. 앞뜰 자갈 위에 놓인 튜브가 적의에 찬 붉은색 화환처럼 보였다.

두 사람은 테라스에 나와 있는 식구들과 합류하지 않고 술병과 잔들이 놓여 있는 탁자 하나를 앞에 두고 각자 버들가지 안락의자에 몸을 묻고 앉아 있었다. 그들은 그냥 앞뜰에, 그들 뒤쪽에서 서서히 어둠에 점령당하는 거실 문 근처에 앉아 있었다. 사무아의 가로등은 너무 일찍 켜졌다. 가로등들이 아직 훤한 빛 속에 찍힌 허연 자국들처럼 보였으니까. 주말 나들이 나온 사람들이 역으로 빠져나가 인적이 점점 뜸해졌다.

「이왕 살인을 저지른 사람이 마음의 평온을 얻는답시고 두 번째, 부득이한 경우 세 번째 살인을 저지를 때 여러 번 망설일 것 같습니까?」

뒤크로는 자작나무 물부리가 달려 있는, 한쪽 손으로 담배통을 받쳐야 할 정도로 큰 해포석 파이프를 피웠다. 그가 매그레를 한참 동안 쳐다본 후에 물었다.

「무슨 말을 하려는 거요?」

「그냥 해본 소립니다. 우리가 날씨 좋은 일요일 저녁에 이렇게 편안히 앉아 있다는 생각이 들어서요. 코냑도 훌륭하고, 파이프도 잘 빨리고, 가생 노인도 저 어딘가에서 아페리티프를 마시고 있겠지요. 그런데 이번 수요일 저녁이면 우리를 사로잡고 있는 모든 것이 그러기를 멈출 겁니다. 문제는 이미 해결됐을 거고요.」

매그레가 꿈꾸듯 이렇게 말하는 동안, 드샤름이 저 위 테라스에서 성냥을 켰다. 성냥의 불꽃이 창백한 하늘에서 잠시 춤을 췄다.

「그런데 말이죠, 내가 궁금한 건 그때 더는 이 세상에 없을 사람이 누구냐 하는 겁니다.」

뒤크로가 몸을 부르르 떨었다. 그는 그것을 감출 수조차 없었다. 그가 털어놓았다.

「듣는 사람 소름끼치게 하는 말재주가 있으시군!」

「지난 일요일에 어디 있었습니까?」

「여기. 우린 일요일마다 여기 내려옵니다.」

「그럼 아드님은?」

뒤크로가 표정을 굳히며 대답했다.

「그 녀석도 여기 있었소. 잘 작동하지 않는 무선 전신기를 손보며 두 시간을 보냈소.」

「그런데 죽어서 벌써 땅에 묻혔죠. 베베르도 죽었어요. 내가 이 안락의자를, 다음 주 일요일에 이 안락의자에 앉을 사람을 생각하는 건 바로 그 때문입니다.」

그들은 서로 잘 보이지 않았다. 두 대의 파이프에서 풍기는 담배 냄새가 뜰 안으로 번져 갔다. 누군가 자전거를 타고 와 철책 문 바로 맞은편에서 내렸을 때, 뒤크로는 움찔했다. 그가 멀리서 물었다.

「무슨 일인가?」

「매그레 선생님을 찾아왔는데요.」

그 고장에 사는 꼬마였다. 아이가 철책 문을 통해 반장에게 편지 한 장을 건넸다.

「담배 가게 근처에서 어떤 사람이 이걸 선생님께 전해 드리라고 했어요.」

「알고 있다. 고맙구나.」

뒤크로는 움직이지 않았다. 여자들은 추웠는지 집 안으로 들어가고 없었다. 드샤름은 두 사람의 대화에 끼고 싶어 안달이 났으면서도 난간 근처에 서서 계속 망설이고 있었다.

매그레가 자기 이름이 적힌 봉투를 뜯었다. 봉투 안에

는 아까 가생이 쓰고 있던 편지가 들어 있었다. 편지의 수신인은 라르지쿠르(오트마른)에 있는 마레셰르 카페의 엠마 샤트로 부인이었다.

「거실에 불을 켤 수 있소.」 뒤크로가 감히 뭔지 물어보지는 못하고 구시렁거렸다.

「여기서도 충분히 보입니다.」

종이는 카페에서 얻은 것이었다. 보라색 잉크, 글씨는 초반에는 작다가 말미에 가서는 두 배는 족히 커졌다.

내 소중한 엠마,

내가 잘 지내고 있다는 것을 알려 주기 위해 너에게 이 편지를 쓴다. 너도 잘 지내고 있기를 바란다. 혹시라도 내게 무슨 일이 생기면, 저번에 말했던 샤랑통이 아니라 우리 고향, 어머니 곁에 묻혔으면 좋겠다는 걸 미리 말해 두고 싶구나. 내 무덤 관리를 위해 계속 돈을 지불할 필요는 없어. 그리고 저축 은행에 저금되어 있는 돈에 관한 통장과 서류는 모두 찬장 서랍에 넣어 두마. 그 모든 건 널 위한 거야. 그 돈이면 네가 원하는 대로 네 집을 한 층 더 올릴 수 있을 게다. 나머지는 내가 뭘 해야 할지 아니 모든 게 잘 되어 가고 있다.

평생 널 사랑해 온 오빠가

선 채로 편지를 읽은 매그레는 편지에서 눈길을 떼고 다른 것을 생각하는 척하며 계속 파이프를 피우고 있는 뒤크로를 아래에서 위로 훑어보았다.

「나쁜 소식이오?」

「가생이 아까 쓴 편집니다.」

뒤크로는 마음을 다스리려고 다리를 이쪽저쪽으로 꼬아 댔다. 난간에서 서성대는 사위를 쳐다보다가, 마침내 초조함을 드러내지 않으려고 애쓰며 나지막하게 말했다.

「읽어 봐도 되겠소?」

「아뇨.」

매그레는 편지를 접어 지갑에 넣었다. 그는 자기도 모르게 철책 문 쪽을 힐끗힐끗 쳐다보았다. 철책 문 너머로는 이제 거대한 어둠의 구멍밖에 없었다.

「누구한테 보낸 겁니까?」

「누이동생.」

「엠마? 걔가 어떻게 됐지? 오빠 배에서 잠시 살았는데, 그때 내가 그 아이한테 푹 빠졌었지. 그런데 오트마른에서 근무하는 한 초등학교 교사와 결혼을 해버렸어. 남편이 얼마 못 가 죽었다는 얘길 들은 것 같은데……」

「그 마을에서 여인숙을 하고 있소.」

「공기가 정말 쌀쌀하군, 그렇지 않소? 집 안으로 들어가도 괜찮겠소?」

뒤크로가 거실 등 스위치를 켜고 문을 닫은 뒤 덧창을 닫으려다가 마음을 바꿔 먹었다.

「가생이 누이에게 뭐라고 썼는지 내가 알면 안 되겠소?」

「안 됩니다.」

「내가 두려워할 내용이 있소?」

「나보다 더 잘 아시잖소.」

뒤크로가 어디에 앉아야 할지 몰라 하며 거실을 이리 저리 돌아다니며 웃었다. 매그레가 직접 정원으로 나가 코냑 병과 잔들을 가져왔다.

「두 남자가 있다고 가정해 봅시다.」 그가 술을 따르며 말했다. 「이미 살인을 저질러 여생을 감옥에서 보내거나 더 끔찍한 일을 당할 위험이 있는 사람, 그리고 살아오면서 어느 누구에게도 해를 끼친 적이 없는 또 한 사람. 그들이 싸움닭처럼 서로 도발하고 있어요. 당신 생각에는 어느 쪽이 더 위험할 것 같소?」

뒤크로는 대답 삼아 더 기름지게 웃어 보였다.

「이제, 누가 베베르의 목을 맸느냐, 그걸 알아내는 일이 남아 있죠. 어떻게 생각하시오, 뒤크로?」

매그레는 여전히 호의적이었다. 하지만 그가 내뱉는 말 한 마디, 음절 하나하나에는 새로운 무게가 실려 있었다. 마치 그것들이 의미로 가득한 것처럼.

뒤크로가 결국 안락의자 하나에 앉아 짧은 다리를 뻗

고 파이프를 가슴 위에 올려놓았다. 그러고 있으니 턱이 세 겹으로 접혔고, 반쯤 감긴 눈꺼풀이 덧창처럼 그의 시선을 가렸다.

「우리가 이렇게 해서 어떤 질문에 도달하게 됐는지 아시오? 아주 간단해요. 어느 날 머리가 모자란 알린을 범하고 임신까지 시킨 사람이 누구겠소?」

이번에는 뒤크로가 자리에서 벌떡 일어났다. 그의 뺨이 벌겋게 상기되어 있었다.

「그래서요?」 그가 물었다.

「물론 당신은 아닙니다. 늘 알린을 자기 딸로 믿어 온 가생 역시 아니죠. 당신 아들 장도 아닙니다. 그는 알린에게 열정적인 우정을 품고 있었고, 또한⋯⋯.」

「또한? 대체 무슨 소리를 할 참이오⋯⋯?」

「전혀 고약한 건 아닙니다. 그에 대해 몇 가지 정보를 입수했어요. 말해 보시오, 뒤크로, 부인과의 사이에서 첫째 딸을 본 후에 혹시 심하게 병을 앓지 않았소?」

알아들을 수 없는 웅얼거림. 뒤크로는 어느새 매그레에게 등을 돌리고 있었다.

「어쩌면 거기에 해답이 있을지도 몰라요. 알린은 정신적으로 좀 모자라고, 장은 히스테리 발작을 일으킬 정도로 예민한, 병약하고 신경질적인 아이였어요. 그를 놓고 농담을 주고받았던 급우들에 따르면, 그는 완전한 남자가 아니었어요. 그와 알린 사이에 극도로 순수하고 감동적인 우정이 꽃핀 건 그 때문이었고.」

「도대체 무슨 얘길 하고 싶은 거요?」

「말하죠. 베베르가 살해된 건 알린을 범한 게 그였기 때문입니다! 투아종 도르호는 여러 주 동안 샤랑통에 정박해요. 그것도 자주! 가생은 주점을 전전하며 밤 시간을 보냅니다. 보조 수문지기는 혼자 사는 사내고요. 어느 날 밤 그가 바지선들 주변을 배회하다가 알린을 보게 되죠…….」

「닥치시오!」

목이 시퍼렇게 질린 뒤크로가 파이프를 거실 한쪽 구석으로 내던져 버렸다.

「맞습니까?」

「난 아무것도 모르오.」

「아마 그는 완력을 사용할 필요도 없었을 겁니다. 알린은 그가 무슨 짓을 하는지도 몰랐을 테니까요. 그리고 무슨 일이 있었는지 아무도 몰라요! 알린이 출산을 하는 날까지는……. 알린과 주변의 세 남자……. 가생이 누구를 의심한다고 생각하시오, 뒤크로?」

「바로 나!」 뒤크로가 소리쳤다.

그가 몸서리를 치고는 조심스럽게 걸어가더니 문을 확열어젖혔다. 그의 딸이 그 뒤에 있었다. 그가 손을 치켜들었고, 그녀가 비명을 내질렀다. 하지만 그는 따귀를 때리는 대신 문을 쾅 닫아 버렸다.

「그래서요?」

그는 투우장에 갇힌 황소처럼 매그레에게로 돌아왔다.

「난 알린이 당신을 두려워한다는 사실에 주목했소. 두려움 이상이었죠. 가생도 아마 같은 생각을 했을 거요. 당신이 그녀 주변을 맴돌았던 만큼 더더욱……」

「잘 보셨소. 그래서요?」

「또 다른 인물이 같은 생각을 하지 않을 이유가 어디 있겠소, 여자만 보면 자빠뜨리려는 당신의 욕구를 잘 알고 있는데?」

「그게 누구요? 말해 보시오!」

「당신 아들……」

「그래서요?」

위층 침실에서 발소리들과 목소리들이 들려왔다. 베르트가 울면서 어머니나 남편에게 방금 있었던 일을 고자질하고 있었다. 잠시 후, 잔뜩 주눅이 든 표정으로 하녀가 들어왔다.

「무슨 일이야?」

「부인께서 위층으로 잠시 올라오시랍니다.」

그는 기가 막혀서 대답할 말을 찾지 못했다. 그가 코냑을 한 잔 가득 따라 단숨에 비웠다.

「어디까지 얘기했죠?」

「최소한 세 사람에게 당신은 더없이 혐오스러운 인물로 여겨집니다. 알린은 당신이 오는 걸 보기만 해도 선실로 달아나 문을 잠그고, 사람들이 당신 얘기만 꺼내도 눈물을 찔끔거립니다. 가생은 당신을 염탐하고, 복수하기 위해 증거가 나오기만을 기다립니다. 그리고 당신 아들은 극심한 신경증 환자들만이 할 줄 아는 방식으로 자기 자신을 고문하죠. 그가 수도회에 들어가겠다고 한 적 없나요?」

「6개월 전에. 누구한테 들었소?」

「그런 건 중요하지 않아요. 당신은 그를 짓이겨요. 숨도 못 쉬게 만들죠. 그가 삶의 기쁨을 맛본 건 병 회복을 위해 투아종 도르호에서 보낸 3개월 동안뿐이었어요.」

「빨리 끝내시오!」

그가 땀을 닦으며 또다시 술을 따랐다.

「끝났소이다. 난 최소한 그의 자살에 대해선 설명했습니다.」

「난 그 아이가 어떻게 해서 자살하게 되었는지, 그 과정을 알고 싶소.」

「누군가 한밤중에 당신을 공격해 바지선에서 물로 던져 버렸다는 것을 알았을 때, 그는 조금도 의심치 않았어요. 당신이 범하려 들자, 알린이 반항을 하다가 일이 그렇게 된 거라고 믿은 거죠…….」

「나한테 말할 수도 있었을 텐데?」

「그가 당신에게 말한 적이 있나요? 따님은 당신에게 말을 합니까? 수도회에 들어가는 것조차 거절당했기 때문에, 자기 자신을 쓰레기로 여겼기 때문에 그는 최소한 뭔가 아름다운 일을 하기를 원했습니다. 소년들이 지붕 밑 다락방에서 꿈꾸는 게 그런 것들이죠. 다행스럽게도 늘 실행에 옮기는 건 아니지만. 그런데 당신 아들은 실행에 옮겼어요! 그가 알린을 구한 겁니다! 자기가 범인이라고 자백함으로써! 당신은 아마 이해 못 할 겁니다. 하지만 세상에 물들지 않은 젊은이들은 모두 이해할 겁니다…….」

「그럼 당신은? 당신은 어떻게 이해했소……?」

「나만 그런 건 아니죠. 가생도 만취해 술집을 전전하면서 입을 꾹 다문 채 같은 문제를 붙들고 씨름했어요. 어젯밤 그는 배로 돌아가지 않았습니다. 알린을 혼자 두고 맞은편에 방을 잡았죠.」

뒤크로가 급히 달려가 커튼을 들어 올리고 바깥을 내다보았다. 하지만 거실 불빛 때문에 아무것도 보이지 않았다.

「무슨 소리 못 들었소?」

「네.」

「이제 어떡할 거요?」

「나도 모르겠소.」 매그레가 간단히 말했다. 「두 남자가 싸우려 들면, 사람들은 그들을 떼어 놓으려고 애쓰죠. 하지만 두 남자가 서로 죽일 준비가 되어 있는데도 법은 내가 개입하는 걸 허락하지 않아요. 살인자를 체포하는 것만 허락하죠……」

뒤크로가 목을 쑥 내밀었다.

「그러려면 증거가 있어야 해요!」

「그렇다면……?」

「전혀 없소! 당신이 아까 상기시켜 준 대로, 수요일 자정이면 나는 더 이상 경찰 소속이 아닐 거요. 혹시 싸구려 담배 좀 가진 것 없소?」

그는 뒤크로가 가리키는 사암 항아리에서 회색 포장 담배를 집어 파이프를 채운 후에 담배쌈지에도 가득 담았다. 누가 문을 두드렸다. 드샤름이었다. 그는 대답을 기다리지 않고 들어왔다.

「방해해서 죄송합니다만, 제 아내가 저녁 식사를 하러 내려오지 못하는 것에 대해 대신 사과의 말씀을 전해 달라고 하는군요. 몸이 약간 안 좋아서요. 임신을 한 상태인지라……」

그는 방에서 나가지 않고 앉을 만한 자리를 찾다가 널려 있는 코냑 잔들을 보고 깜짝 놀랐다.

「차라리 아페리티프를 드시지 그러세요?」

뒤크로는 기적적으로 그에게 면박을 주지 않았다. 그의 존재를 인식하지도 못하는 것 같았다. 그가 부러지지 않고 양탄자 위에 나뒹굴고 있는 파이프를 주웠다. 해포석이 살짝 깨져 떨어져 나갔을 뿐이었다. 그는 손가락에 침을 발라 깨진 곳을 문질렀다.

「자네 장모도 위에 있나?」

「방금 부엌으로 내려가셨습니다.」

「잠시 실례해도 되겠소, 반장?」

뒤크로는 반장이 허락하지 않기를 기대하는 눈치였다. 하지만 반장은 가만히 있었다.

「정말이지 묘한 양반이야!」 문이 닫히자 매그레가 말했다. 큰 몸을 구겨 넣다시피 한 안락의자가 영 불편했지만 감히 일어나지 못하고 있던 드샤름이 헛기침을 하고는 소곤거렸다.

「반장님도 눈치채셨겠지만, 가끔 이상하시죠. 요컨대, 좋을 때도 있고 나쁠 때도 있다는 겁니다.」

매그레가 마치 자기 집에 와 있는 것처럼 커튼을 치면서 수시로 뜰을 내다볼 수 있게 가느다란 틈을 남겨 두었다.

「많은 인내심이 필요하죠…….」

「아닌 게 아니라 인내심이 대단하시더군!」

「예를 들어, 지금으로서는 제 상황이 아주 미묘합니

다. 아시다시피 저는 군 장교입니다. 군이 어떤 종류의 일에 연루되어서는 안 된다는 건 분명합니다. 특히 이런 비극적인 일에……」

「이런 비극적인 일……?」 매그레가 즉각 말꼬리를 물고 늘어졌다.

「저야 모르죠. 그래서 반장님께 충고를 구하는 겁니다. 반장님도 공식적인 신분이 있으시죠. 반장님께서 여기까지 내려오신 것도 그렇고, 떠도는 소문에 의하면……」

「어떤 소문 말이오?」

「저야 모르죠. 하지만 가정해 보세요……. 말을 꺼내기가 참으로 어렵군요. 하지만 가정에 불과하니까요, 안 그렇습니까? 특정 신분을 가진 사람이 모종의 입장에 처했다고 가정해 보세요……. 어떤 입장이냐면……」

「코냑 한잔 하시겠소?」

「고맙지만 사양하겠습니다. 알코올은 절대 입에 안 대거든요!」

그는 끈질기게 물고 늘어졌다. 무엇이든 할 태세였다. 즉흥적으로 하는 말이 아니었다! 그가 하는 말은 모두 준비된 것이었다!

「장교가 중대한 과오를 범하면 동료들이 그에게 무엇이 그의 의무인지 보여 주는 것이, 즉 권총을 쥐여 주고 혼자 있게 해주는 것이 전통입니다. 추문이 대중의 입에

169

회자되는 것을 피하게 해주니까요. 그리고…….」

「지금 누구 얘길 하는 겁니까?」

「저야 모르죠. 하지만 전 불안한 마음을 금할 수가 없습니다. 그래서 반장님께 요컨대 저를 안심시켜 주시거나 아니면 저희들이 마음의 준비를 하고 있어야 하는 건 아닌지 말해 달라고 부탁드리기 위해 이렇게 온 겁니다.」

그는 더 이상 구체적으로 말하고 싶어 하지 않았다. 그가 한시름 던 표정으로 일어나서 대답을 기다리며 썩은 미소를 지었다.

「그러니까 지금 당신 장인이 살인자인지 아닌지, 내가 그를 체포할 것인지 아닌지 묻고 있는 거요?」

드샤름은 장인이 이미 거실로 돌아왔다는 사실을 모르고 있는 것 같았다. 뒤크로의 얼굴은 막 세수를 한 사람처럼 한결 깔끔했고, 관자놀이 주변의 머리카락이 축축하게 젖어 있었다.

「그에게 직접 물어봅시다.」

매그레는 코냑 잔을 손에 든 채 파이프를 뻑뻑 피워 댔다. 그는 얼굴이 창백하게 질렸지만 겁이 나 감히 입을 열지 못하는 드샤름에게는 일부러 눈길을 주지 않았다.

「들어 보시오, 뒤크로, 당신 사위가 나더러 당신이 살인자라고 생각하는지, 또 당신을 체포할 의사가 있는지 묻는군요.」

머리들 위에서 발소리가 갑자기 멈춘 것으로 보아 위층에서도 그 말을 들은 모양이었다. 냉철한 성격의 뒤크로도 어이가 없는지 말을 더듬었다.

「저 인간이…… 내가 살인자냐고…….」

「그가 군 장교라는 사실을 잊지 마시오. 방금 나한테 그런 경우에 군에서 지키는 관습을 상기시켜 주더이다. 그가 아주 우아하게 말한 것처럼, 장교가 중대한 과오를 범하면 절친한 친구들이 그에게 권총을 쥐여 주고 혼자 있게 해준답니다.」

뒤크로의 눈길이 어디로 가야 할지 모르는 사람처럼 거실 안쪽으로 걸어가는 드샤름을 집요하게 좇았다.

「아! 저 인간…….」

몇 초 동안 사태가 잘못 돌아갈 것 같은 기운이 감돌았다. 하지만 영웅적인 노력을 기울였는지 뒤크로의 표정이 조금씩 누그러졌다. 그가 웃기 시작했다. 입꼬리가 점점 더 위로 말려 올라갔다. 그는 껄껄대고 웃었다! 심지어는 손바닥으로 자기 허벅지까지 쳐가며 웃어 댔다.

「아이고, 배꼽이야!」 너무 웃어 눈에 눈물을 그렁그렁 매단 채 마침내 그가 말했다. 「아! 드샤름, 이 사람아! 자넨 정말 매력적인 청년이야! 그러고 있지 말고 식당으로 가세. 뭐……? 장교들이…… 동료가 중대한 과오를 범하면 어떻게 한다고? 못 말리는 드샤름! 그래도 마주 앉아 식사를 해야 하다니…….」

　매그레의 셔츠가 몸에 마구 들러붙었다. 하지만 재떨이에 대고 파이프를 꼼꼼하게 턴 다음 주머니에 넣기 전에 케이스에 집어넣는 그를 보고 그 사실을 짐작한 사람은 아무도 없었다.

10

뒤크로가 안도의 한숨을 내쉬며 부착식 옷깃과 살 사이에 수건을 끼워 넣는 순간, 하녀가 수프 그릇을 들고 왔다. 불이 없었기 때문에 추위를 많이 타는 뒤크로 부인은 원추형 끄개처럼 생긴 검은색 뜨개 만틸라를 어깨 위에 걸치고 있었다.

뒤크로의 맞은편, 베르트의 자리는 비어 있었다. 뒤크로가 하녀에게 명령했다.

「딸아이한테 가서 내가 내려오란다고 전해.」

그가 수프를 덜고 자기 접시 옆에 어마어마하게 큰 빵 덩어리를 놓았다. 아내가 훌쩍거리자, 그가 두세 차례 인상을 찡그리다 결국 폭발했다.

「감기라도 걸린 거야?」

「그런 것 같아요.」 또다시 울음을 터뜨리기 직전이라는 것을 보이지 않기 위해 고개를 돌리며 그녀가 더듬거렸다.

드샤름은 숟가락을 우아하게 놀려 가며 위층에서 들려
오는 소리에 귀를 기울였다.

「어떻게 됐어, 멜리?」

「베르트 아가씨가 내려올 수 없다고 대답하래요.」

뒤크로가 요란한 소리를 내며 수프를 먹었다.

「다시 가서 아프든 아니든 내가 당장 내려오란다고
해. 알아들었어?」

드샤름이 슬그머니 방을 빠져나갔다. 뒤크로는 주변
에서 또 공격할 대상을 찾고 있는 것처럼 보였다.

「멜리, 커튼 좀 열어젖혀.」

그는 앞뜰, 철책 문, 센 강이 내다보이는 창 두 개를 마
주하고 있었다. 상체로 식탁을 짓누르다시피 하고 짙은
어둠에 잠긴 바깥을 흘낏흘낏 쳐다보며 빵을 우걱우걱
씹어 댔다. 위층에서 다급한 발소리, 소곤거림, 울음소리
가 들려왔다. 드샤름이 내려와 알렸다.

「내려옵니다.」

그 말대로 그의 아내가 몇 초 후에 식당으로 들어왔다.
그녀는 번들거리는 얼굴의 홍조를 분으로 가리는 수고도
하지 않은 채였다.

「멜리!」 뒤크로가 하녀를 불렀다.

그는 매그레에게도 다른 사람들에게도 신경 쓰지 않았

다. 마치 별개의 삶을 사는 것 같았다. 나머지는 무시하고 세운 계획에 따라 행동하는 것처럼 보였다.

「다음 요리 내와.」

하녀가 수프 그릇을 집기 위해 식탁 위로 상체를 기울이자, 그가 그녀의 엉덩이를 톡톡 두드렸다. 샤랑통의 하녀는 그나마 젊은 반면, 멜리는 나이가 든 데다 활기도 매력도 없었다.

「이봐, 멜리, 우리가 가장 최근에 그 짓 한 게 언제였지?」

그녀가 소스라치듯 놀라고는 헛되게도 웃어 보이려고 애썼다. 그러고는 불안한 눈길로 주인과 마님을 번갈아 쳐다보았다. 뒤크로가 어깨를 으쓱하고는 안됐다는 표정으로 웃으며 말했다.

「그따위 걸 중요하다고 생각하는 계집이 여기 또 하나 있군! 가서 일 봐. 오늘 아침에 지하 창고에서 포도주 고르면서 그랬잖아.」

그는 자신의 짓궂은 장난이 어떤 효과를 거뒀는지 확인하기 위해 매그레 쪽을 흘깃 쳐다보았다. 하지만 반장은 그 농지거리에서 백 리는 족히 떨어져 있는 것처럼 보였다. 뒤크로 부인도 별다른 반응을 보이지 않았다. 그녀는 만틸라를 두른 몸을 더 움츠리고 식탁보만 뚫어져라 쳐다보았다. 한편 그녀의 딸은 손수건으로 발개진 코를 톡톡 두드리고 있었다.

「봤소?」 뒤크로가 턱으로 앞뜰과 철책 문 쪽을 가리키며 매그레에게 물었다.

그곳에는 쪽문까지 작은 빛의 원을 그리는 가스등 하나밖에 없었다. 그런데 그 원 속에 그림자 하나가 꼼짝도 않고 서 있었다. 10미터도 채 안 되는 거리였다. 사내는 철책 문에 기댄 채 빛이 넘쳐흐르는 식당에서 벌어지는 일을 하나도 놓치지 않은 게 분명했다.

「그 친구요.」 뒤크로가 단정적으로 말했다.

시력이 좋은 매그레는 약간 더 뒤쪽, 센 강의 제방에서 또 하나의 그림자를 알아보았다. 주머니에서 수첩을 꺼낸 반장이 종이 한 장을 찢어 몇 자 적는 동안, 두려움으로 몸이 뻣뻣하게 굳은 하녀가 고기 요리와 감자 퓌레를 내왔다.

「당신 하녀에게 심부름을 시켜도 되겠소? 고맙소이다. 멜리, 앞뜰을 지나 철책 문을 나서면 어떤 노인이 서 있을 거요. 그 사람한테는 신경 쓰지 말고, 몇 미터 더 뒤쪽을 보면 또 다른 사람, 30대 남자 하나가 있을 거요. 그에게 이 쪽지를 전해 주고 답장을 받아 와요.」

하녀는 겁이 나 감히 움직이질 못했다. 뒤크로가 넓적다리 고기를 썰었다. 자리를 잘못 잡은 뒤크로 부인이 어떻게든 바깥을 내다보려고 몸을 이리저리 움직여 댔다.

「설익은 걸로 하겠소, 반장?」

그의 손놀림은 정확했고, 눈길도 불안해 보이지 않았다. 그럼에도 그의 태도에서는 그 저녁 식사의 테두리와 식탁에 앉은 다른 인물들을 넘어서는 뭔가 비장한 기운이 뿜어져 나왔다.

「따로 챙겨 둔 돈은 좀 있나?」 그가 갑자기 드샤름에게 물었다.

「저요……?」 깜짝 놀란 사위는 제대로 대답을 하지 못했다.

「제가 말할게요……」 답답해서인지 아니면 화가 나서인지 몸을 떨며 그의 딸이 입을 열었다.

「내 충고하는데, 넌 입 다물고 있어. 그리고 무엇보다 그냥 앉아 있어, 제발. 내가 네 남편한테 모아 둔 돈이 있느냐고 묻는 데에는 다 그럴 만한 이유가 있어. 대답해 보게!」

「물론 없습니다.」

「안됐구먼! 이 넓적다리 고기, 정말 맛대가리 없군. 당신이 요리했어, 잔?」

「아뇨, 멜리가 했어요.」

그의 눈길이 다시 창문 쪽을 향했지만, 어둠을 헤치며 돌아오는 하녀의 하얀 앞치마를 빼고는 별다른 것을 보지 못했다. 하녀가 곧 매그레에게 쪽지를 전했다. 그녀의 머리카락엔 빗방울이 맺혀 있었다.

「비가 내리오?」

「예, 아주 가는 비가 막 내리기 시작했어요.」

뤼카가 반장이 보낸 쪽지에 바로 답을 썼기 때문에 다른 사람들도 주의만 기울이면 반장이 쓴 〈무장하고 있나?〉를 읽을 수 있었다. 그리고 가로로 쓴 단 한 단어, 〈아뇨〉.

종이에 비치는 반장의 질문을 읽었는지 뒤크로가 물었다.

「무장하고 있소?」

매그레가 잠시 망설이다 긍정의 의미로 고개를 끄덕였다. 모두가 들었고, 모두가 보았다. 뒤크로 부인이 물고 있던 고기를 씹지도 않고 꿀꺽 삼켰다. 허세를 부리고, 보란 듯이 가슴을 펴고, 있지도 않은 식욕을 과시해 가며 고기를 씹어 대던 뒤크로도 순간적으로 움찔했다.

「자네 저축에 관해 얘기하고 있었지…….」

매그레는 그가 마음먹은 것을 실행하기 시작했다는 걸 알아차렸다. 뒤크로가 분위기를 잡은 것은 그 때문이었다. 이제 그 무엇도 그를 말리지 못할 터였다. 그는 식탁에 팔꿈치를 단단하게 괴기 위해 접시를 밀치는 것부터 시작했다.

「자네한테는 참 안됐어! 잠시 후, 혹은 내일, 아니면 아무 때나 내가 죽었다고 가정해 보게. 자넨 마침내 부자가 됐다고, 설사 내가 원한다 하더라도 이미 죽은 몸이라 내 아내와 딸의 상속권을 박탈할 수 없다고 생각하겠지…….」

그의 의자는 이제 저녁 식사가 끝날 무렵 편한 자세로 이야기를 늘어놓는 사람의 의자처럼 뒤로 젖혀져 있었다.

「그런데 내 장담하지, 너희는 단 한 푼도 못 쥘 거야!」

그의 딸이 무슨 말인지 이해하려고 애쓰며 차가운 눈길로 그를 관찰했다. 그녀의 남편은 열심히 먹는 척했다. 창을 등지고 앉은 매그레는 가는 비를 맞고 서 있는 가생의 위치에서 보면 그 훤한 식당이 가족이 함께 모여 식사를 하는 평화로운 항구처럼 보일 거라고 생각했다.

그사이 뒤크로는 가족의 얼굴을 번갈아 쳐다보며 말을 이어 갔다.

「너희는 단 한 푼도 못 쥘 거야. 왜냐하면 내가 그럴 목적으로 내가 죽는 순간부터 효력이 발생하는 계약서에 서명을 했거든. 내 전 재산을 제네랄 은행에 맡긴다는 계약서 말이야. 4천만 프랑을 몽땅! 근데, 그 4천만 프랑은 20년이 지나야 찾을 수 있어!」

그가 껄껄대고 웃었다. 하지만 그는 웃고 싶은 마음이 조금도 없었다. 그가 아내 쪽을 돌아보며 말했다.

「그때쯤이면 당신은 이미 이 세상 사람이 아닐 거야, 잔.」

「제발, 에밀.」

비록 똑바로, 품위 있게 앉아 있긴 했지만, 그녀가 기력이 다했으며, 금방이라도 비틀거리다 바닥으로 쓰러질 수도 있다는 것을 느낄 수 있었다.

그 순간 매그레는 뒤크로의 표정에서 동요나 망설임의 흔적을 찾고 있었다. 하지만 그의 표정은 정반대로 점점 더 굳어 갔다. 아마도 마음이 약해져서는 안 된다고 단단히 결심을 한 모양이었다.

「이래도 나한테 조용히 사라져 달라고 충고하겠나?」 그가 턱을 덜덜 떨고 있는 사위에게 물었다.

「맹세하건대…….」

「이런, 아무것도 맹세하지 말게! 자네가 천한 버러지, 세상 누구보다 못한 비열하고 좀스러운 버러지라는 건 자네 자신이 더 잘 알 걸세. 내가 궁금한 점은 내 딸과 자네 중에 누가 더 더러운 버러지인가 하는 점이야. 우리 내기 하나 할까? 몇 주 전부터 너희는 이제 곧 아이가 태어날 것처럼 연극을 하고 있어. 내 말 틀렸나? 틀렸다고 하면, 내가 의사를 부르지. 베르트가 정말 임신을 했다면, 십만 프랑을 거저 주겠네!」

진실을 알아차린 뒤크로 부인의 두 눈이 휘둥그레졌다. 하지만 그녀의 딸은 차분하고 증오 어린 눈길로 뒤크로를 계속 노려보았다.

「자!」 뒤크로가 파이프를 입에 물고 일어서며 말했다.

「하나, 둘, 셋! 착한 할멈, 딸, 사위! 식탁에 둘러앉은 식구 치고는 초라하군. 하지만 이게 내가 가진 모든 것, 혹은 나에게 속하고 나와 함께 있어야 할 모든 것이야……」

매그레는 자신은 상관없다는 듯 의자를 약간 뒤로 밀친 다음 파이프에 담배를 채웠다.

「자, 이제 내가 뭔가 말할 거야. 반장 앞이지만 상관없어. 증인은 오로지 그뿐이야. 가족은 증인이 될 수 없으니까, 그것만 해도 감지덕지지! 난 살인자야! 사람을 죽였어, 이 두 손으로……」

그의 딸이 소스라쳤다. 사위가 벌떡 일어서며 말을 더 듣었다.

「장인어른, 제발……」

그의 아내는 꼼짝도 하지 않았다. 더 이상 듣지 않고 있었던 건 아니었을까? 그녀는 울지도 않았다. 다만, 두 손을 모으고 그 위에 이마를 올려놓고 있었다.

뒤크로가 무거운 발걸음을 옮겼다. 그는 엄청나게 큰 파이프를 피우며 이쪽 벽에서 저쪽 벽으로 갔다.

「내가 왜 그리고 어떻게 그 인간을 죽였는지 알고 싶어?」

그에게 그것을 물은 사람은 아무도 없었다. 위협적인 태도를 버리지 않은 채 말을 하고 싶어 하는 것은 그였다. 그가 갑자기 매그레 맞은편에 앉더니 식탁 너머로 손을 내밀었다.

「내가 당신보다 힘이 셀 거요, 안 그렇소? 우리 두 사람을 보면 누구라도 그렇게 말할 거요. 지난 20년 동안 내 손목을 꺾을 수 있는 사람을 만나 본 적이 없소. 자, 손을 내밀어 보시오.」

그가 손을 너무 세게 쥐는 바람에 매그레는 상대방의 가슴을 후벼 파는 모든 열기가 자신에게 전해지는 것을 느꼈다. 그 접촉이 도리어 뒤크로의 마음을 뒤흔들어 놓진 않았을까? 뒤크로의 목소리가 훨씬 따뜻해진 건 그 때문이 아니었을까?

「어떻게 하는 건지 아시오? 상대방의 손등을 식탁에 닿게 하는 사람이 이기는 거요. 팔꿈치가 움직이면 반칙이고.」

그의 이마 혈관이 툭툭 불거졌고, 두 뺨이 시뻘겋게 달아올랐다. 뒤크로 부인은 그에게 울혈이라도 생기면 어쩌나, 오로지 그것만을 걱정하는 눈길로 남편을 바라보았다.

「힘을 다 안 쓰시는군!」

사실이었다. 순간적으로 온 힘을 쏟은 매그레는 상대방의 근육이 맥없이 풀리면서 저항이 눈 녹듯 사라지는 것을 느끼고 크게 놀랐다. 손등이 식탁에 닿았다. 뒤크로는 팔을 늘어뜨린 채 잠시 그러고 있었다…….

「바로 이것 때문에 그 모든 일이 벌어진 거야…….」

그가 뚜벅뚜벅 걸어가더니 창문을 열어젖혔다. 강의 축축한 입김이 방 안으로 몰려들어 왔다.

「가생! 어이, 가생……!」

가스등 근처에서 뭔가가 움직였다. 하지만 뜰에 깔린 자갈을 밟는 발소리는 들려오지 않았다.

「대체 뭘 기다리는지 모르겠군. 사실, 그는 날 사랑했던 유일한 사람이야!」

이렇게 말하며 그는 매그레를 뚫어지게 쳐다보았다. 마치 이런 뜻 같았다.

〈왜냐하면 당신은 원치 않았으니까!〉

식탁 위에는 적포도주밖에 없었다. 그가 두 잔을 가득 따랐다.

「내 말 잘들 들어. 내가 상세하게 얘기해 봤자 조금도 중요치 않아. 내일 마음이 바뀌어 모든 것을 부인하면 그만이니까. 어느 날 밤, 난 가생의 바지선에 올라갔어……」

「정부와 밀회를 가지려고.」 그의 딸이 끼어들었다.

그러자 그가 어깨를 으쓱하며 뭐라 형언할 수 없는 어조로 말했다.

「어휴, 멍청한 것……! 매그레, 난 어느 날 밤 속이 뒤집어진 상태로 가생의 바지선에 도착했소. 왜냐하면 저기 있는 저 두 사기꾼이 또다시 내게서 돈을 뜯어내려고 들었거든. 난 현창의 빛이 온전히 다 보이지 않아 약간 놀랐소. 가까이 다가가서 뭘 발견했는지 아시오? 어떤 비열한 놈이 갑판에 배를 대고 납작 엎드린 채 내 딸이 옷을 벗는 장면을 훔쳐보고 있었소…….」

그는 〈내 딸〉이라고 말하면서 어쩔 테냐는 듯이 그들 모두를 빤히 쳐다보았다. 그들은 서로 쳐다볼 뿐 입을 열지는 않았다.

「나는 몸을 낮추고 살그머니 다가가서 녀석의 손목을 움켜쥐었소. 그러고는 손목을 뒤로 꺾어 뱀장어처럼 비틀고는 녀석의 몸이 배 밖으로 반쯤 나갈 정도로 밀어붙였지…….」

그가 다시 한 번 창문 앞에 우뚝 섰다. 축축하게 젖은 밤공기에 대고 말했기 때문에 그의 말을 알아들으려면 귀를 기울여야만 했다.

「그때까지 난 힘 좋기로 소문난 놈들을 모두 꺾었어. 그런데 이번에는 실패를 한 거야! 기운이 빠진 거지! 그 짐승이 몸을 비틀어 대길 멈춘 거야! 녀석이 주머니에서 뭔가 꺼냈고, 난 갑자기 등에 큰 충격을 받았어. 그 사이 균형을 되찾은 녀석이 어깨로 떠미는 바람에 물속으로 곤두박질치고 말았지…….」

가장 인상적인 건 미동조차 않고 있는 그의 아내였다. 공기가 차가웠다. 활짝 열린 창문을 통해 서늘한 공기뿐만 아니라 유령, 전율, 열병, 협박까지 몰려들어 왔다.

「가생! 어이, 친구!」

고개를 돌린 매그레는 열쇠로 잠그지 않은 철책 문에 기대 서 있는 가생을 보았다.

「사람하고는!」식탁으로 돌아와 다시 포도주를 따르며 뒤크로가 구시렁거렸다. 「쏠 기회가 백번도 더 있었는데…… 원하는 만큼 접근해도 되는데…….」

이마에 송골송골 맺힌 땀방울이 말해 주었다, 그가 그때까지 계속 두려워하고 있었다는 것을! 창문을 활짝 열고 그 앞에 선 것도 오로지 두려움 때문이 아니었을까?

「멜리! 멜리……! 이런 제기랄……!」

그녀가 마침내 모습을 드러냈다. 그녀는 앞치마는 벗고 대신 모자를 쓰고 있었다.

「무슨 일이야?」

「저, 나갈래요.」

「나가기 전에 어서 가서 저기 철책 문에 서 있는 노인 좀 데려와. 알아들었어? 내가 꼭 말을 하고 싶어 한다고 전해.」

하녀는 움직이지 않았다.

「어서 가!」

「싫어요.」

「지금 내가 시키는 걸 거부하는 거야?」

「난 안 갈 거예요.」

그녀의 얼굴이 창백하게 질렸다. 젖가슴도, 여성성도, 매력도 없는 비쩍 마른 아가씨가 마침내 뒤크로에게 맞서고 있었다.

「거부하겠다고?」

그가 손을 치켜든 채 그녀를 향해 다가갔다.

「거부하겠다고?」

「그래요……! 그래요……! 그래요!」

그는 때리지 않았다. 기가 꺾인 그가 마치 그녀가 보이지 않는 양 그녀 앞을 지나쳐 문을 열고 나갔다. 그가 앞뜰을 가로지르는 소리가 들려왔다.

그의 딸은 꼼짝도 하지 않았다. 사위는 내다보려고 몸을 기울였다. 하지만 그의 아내는 천천히 일어나 소리 없이 창문을 향해 걸어갔다. 매그레는 아무도 그에게 주의를 기울이지 않는 틈을 타 자신의 잔에 포도주를 따랐다. 그는 철책 문이 삐걱거리며 열리는 소리를 듣고서야 창쪽으로 갔다.

마침내 두 사내가 조우했다. 덩치가 워낙 차이 나는 두 사람이 1미터 거리를 두고 서 있는 게 보였다. 그들이 주고받는 말은 들리지 않았다. 매그레 바로 옆에서 어린아이처럼 가늘고 높은 목소리가 들려왔다.

「제발!」

뒤크로 부인이 철책 문을 바라보며 매그레에게 그 모

호하고 숨 가쁜 기도를 하고 있었다.

그들은 싸우지 않았다. 서로 얘기를 나눴다. 그들이 안뜰로 들어왔다. 뒤크로는 한쪽 손으로 가생의 어깨를 잡고 있었다. 그를 앞으로 떠미는 것 같았다. 그들이 집 안으로 들어오기 전에 드샤름이 매그레에게 물었다.

「어떻게 하기로 결정하셨습니까?」

반장은 하마터면 그에게 뒤크로의 방식대로 대답할 뻔했다.

〈제기랄!〉

가생은 빛 때문에 눈을 가늘게 떴다. 그의 젖은 어깨가 번들거렸다. 그는 모자를 벗어 손에 쥐고 있었다. 아마 식당에 들어섰기 때문에 자기도 모르게 그런 것 같았다.

「앉아!」

가생은 의자에 걸터앉아 모자를 무릎 위에 올려놓았다. 그는 주변을 둘러보는 것을 피했다.

「나랑 적포도주 한잔할 테야? 말하지 마! 내가 그랬잖아, 그다음에 자네가 원하는 모든 것을 하게 해주겠다고. 안 그렇소, 반장? 난 약속한 건 반드시 지키는 사람이야!」

그가 자기 잔을 가생의 잔에 부딪치고는 인상을 쓰며 포도주를 단숨에 들이켰다.

「진작 들어왔으면 처음부터 들을 수 있었을 텐데 유감

이군.」

그는 이제 매그레 쪽을 힐끗거리며 가생에게만 말했다.

「내가 전에는 어떤 놈이든 한주먹에 때려눕힌 거 사실이지? 자네 입으로 말해 봐!」

「맞아.」

노인의 목소리는 전혀 뜻밖이었다. 놀랍도록 부드럽고 온순했다.

「우리가 샬롱에서 벨기에 놈들하고 싸웠던 거 기억나? 일전에 내가 그 비겁한 놈한테 당한 건 칼 때문이었어. 참, 자네는 모르지. 하지만 상관없어. 그러니까 내가 그냥 자네 배에 갔었어. 거기서 배를 대고 납작 엎드려 현창으로 아이가 옷 벗는 걸 훔쳐보는 그놈을 발견했지…….」

그는 그 이야기를 반복하며 즐거워했다. 그게 피를 들끓게 했기 때문이었다.

「이제 어떻게 된 건지 이해하겠어?」

가생이 이미 오래전부터 알고 있었다는 것을 전하기 위해 어깨를 으쓱했다.

「내 얘길 좀 들어 봐, 친구. 아니, 술부터 한잔 마셔. 당신도, 반장. 다른 사람들은 중요할 것 없어. 알아서들 해…….」

뒤크로 부인은 다시 앉지 않고 커튼으로 몸을 반쯤 가린 채 벽에 붙어 서 있었다. 드샤름은 벽난로에 팔꿈치를 괴고 있었고, 그의 아내는 홀로 식탁을 지키고 있었다. 집

안에서 누가 오락가락하는 소리가 들렸다. 짜증이 난 뒤 크로가 문을 벌컥 열었고, 가방을 들고 복도를 서성대던 하녀가 깜짝 놀라 쳐다보았다.

「이런 제길! 가고 싶으면 꾸물대지 말고 어서 꺼져! 꺼지든지 뒈지든지 좋을 대로 하란 말이야. 하지만 제발 우리 좀 가만히 내버려 둬!」

「어르신께 말씀드릴 게 있어서······.」

「어르신은 무슨! 돈 때문에 그래? 자 여기, 얼마인지는 나도 몰라. 그럼 안녕! 가는 길에 전차에 치여 콱 뒈져 버려라······.」

그는 자기가 한 말 때문에 웃었다. 엄한 사람한테 퍼붓고 나니 그래도 속이 좀 후련했던 것이다. 그는 하녀가 문에 가방을 부딪혀 가며 나가기를 기다렸다가 직접 문을 닫고는 빗장을 지르고 식당으로 돌아왔다. 그사이, 가생은 꼼짝도 않고 앉아 있었다.

「이렇게 해서 또 한 명이 떠났군! 우리가 무슨 얘길 하고 있었더라? 아, 맞아! 어린것 얘길 하고 있었지. 자네가 거기 있었다면 나처럼 안 했겠어?」

가생의 눈에 눈물이 맺혔다. 그의 파이프는 꺼져 있었다. 매그레는 골똘히 쳐다보고 있었다. 바로 그 순간, 그는 생각했다.

〈내가 1~2분 만에 찾아내지 못한다면, 내게도 책임이

있는 무시무시한 일이 벌어질 거야!〉

왜냐하면 표면에서 벌어지고 있는 모든 것은 존재하지 않았기 때문이다. 그 아래에 다른 것이, 또 다른 드라마가 숨어 있었다. 한 사람은 단지 말을 이어 가기 위해 말을 했고, 또 한 사람은 듣고 있지 않았다. 매그레가 관찰하는 건 듣지 않는 바로 그 사람이었다. 하지만 그는 눈길조차 움직이지 않고 말없이 앉아 있기만 했다.

가생이 그런 순간에 꿔다 놓은 보릿자루처럼 가만히 앉아 있는 게 말이나 될까? 그는 취한 상태도 아니었다! 뒤크로도 그를 잘 알고 있었기 때문에 식은땀을 뻘뻘 흘려 댔다.

「그뿐이었다면 그놈 목을 졸라 죽이진 않았을 거야. 그런데 내 아들이 결국은 그놈 때문에 죽었어. 그래서……」

그가 베르트 앞에 우뚝 섰다.

「넌 왜 그런 눈으로 쳐다봐? 아직도 손가락 사이로 빠져나가 버린 돈 생각을 하는 거야? 이거 알아, 가생? 내가 죽으면 애들에게 한 푼도 남겨 주지 않겠다고 뻥을 쳤어!」

매그레가 갑자기 뚜렷한 목표 없이 천천히 걷기 시작했다. 방 안을 이리저리 돌아다녔다.

「……내 자네한테 한 가지 분명히 말할게. 자네 마누라, 내 마누라, 그런 거 전혀 중요치 않아! 중요한 건 예를 들어 우리 둘이……」

가생은 왼손으로 잔을 쥐고 있었다. 오른손은 단 한 번도 상의 주머니를 벗어난 적이 없었다. 그에게는 무기가 없었다. 그건 확실했다. 뤼카가 그런 실수를 할 리는 없었으니까.

가생 쪽으로는 2미터 떨어진 곳에 뒤크로 부인이 있었고, 그 건너편에 베르트가 있었다.

뒤크로가 가생 뒤로 가서 꼼짝 않고 서 있는 매그레를 보고는 말을 멈췄다. 그다음 일은 워낙 순식간에 벌어져 무슨 일이 일어난 건지 이해한 사람이 아무도 없었다. 반장이 앞으로 몸을 숙여 강력한 양팔로 가생 노인의 팔과 가슴을 껴안았던 것이다. 몸부림은 짧았다. 불쌍한 노인이 온 힘을 다해 빠져나오려고 애썼지만 허사였다! 베르트가 비명을 지르고 그녀의 남편이 머뭇거리며 두 걸음을 내딛는 동안, 매그레의 손이 노인의 주머니를 뒤져 뭔가를 꺼냈다.

그러고는 끝이었다! 움직임이 자유로워진 가생이 거칠게 숨을 몰아쉬었다. 뒤크로는 매그레의 손이 펼쳐지기를 기다렸다. 반장은 이마에 흐르는 식은땀을 닦으며 잠시 서서 숨을 골랐다.

「이제 전혀 위험할 것 없소.」 마침내 그가 말했다.

매그레는 그를 보지 못하는 가생 뒤에 서 있었다. 뒤크로가 다가가자, 그는 오른손을 펴 보였다. 손바닥 위에 놓여 있는 것은 채석장에서 사용하는 것과 유사한 다이너마이트 화약통이었다.

「하던 얘기 계속하시죠……!」 매그레가 말했다.

그러자 뒤크로가 조끼 옷깃에 손을 꽂고 힘차지만 쉰 목소리로 말했다.

「내가 어디까지…… 허허 참, 이 친구야…….」

그가 웃었다. 껄껄대고 웃었다. 그는 맥이 풀려 좀 앉아야만 했다.

「어처구니가 없군……!」

아닌 게 아니라 그 같은 사내가 일이 끝난 후에 다리가 후들거려 제대로 서 있지도 못하는 것은 어처구니없는 일이었다. 사실은 매그레도 드샤름과 나란히 벽난로에 팔꿈치를 괴고 서서 불쾌한 현기증이 사라질 때까지 숨을 골라야 했다.

11

활짝 열린 창문 밖에서 들려오는 빗소리가 텃밭의 조용한 살수기를 떠올리게 했다. 바람이 불 때마다 식당 안으로 스며드는 것은 축축하게 젖은 땅의 입김이었다.

멀리서 지켜보는 뤼카 형사에게는 대가의 그림 속에서처럼 식당 불빛 속에 고정된 인물들이 그리는 광경이 몹시 위태로워 보였을 것이다.

한숨을 내쉬며 제일 먼저 몸을 일으킨 건 뒤크로였다.

「한바탕 난리를 치렀군!」

하나마나 한 소리였지만 그것은 긴장의 완화를 의미했다. 그는 몸을 움직여 전반적으로 침체된 분위기를 깨고자 했다. 그가 뭔가 변해 있기를 예상한 사람처럼 놀란 표정으로 주변을 둘러보았다.

그런데 변한 건 아무것도 없었다. 모두가 꼼짝 않고 고집스럽게 자기 자리를 지키고 있었다. 문을 향해 걸어가는 뒤크로의 발소리가 소란스럽게 느껴질 정도로!

「멜리 그 멍청한 것이 정말 가버렸어……」 그가 되돌아오며 구시렁거렸다.

그러고는 아내를 돌아보며 말했다.

「잔, 가서 커피나 좀 끓여.」

그녀가 나갔다. 커피 가는 소리가 곧 들려오는 것으로 보아 부엌이 아주 가까운 모양이었다. 베르트가 일어나 식탁을 치우기 시작했다.

「결국에는 또 이렇게 됐군……!」 주로 매그레를 염두에 두고 뒤크로가 말했다.

사방을 둘러보는 그의 눈길이 그 낱말에 의미를 부여했다.

「드라마는 끝났어! 가족끼리 다시 모인 거야. 누구는 커피를 갈고, 또 누구는 잔과 접시들을 치우고……」

그는 이제 무기력하고, 공허하고, 슬퍼 보였다. 무엇을 해야 할지 모르는 사람처럼 매그레가 벽난로 위에 올려둔 화약통을 집어 들고는 상표를 들여다본 다음 가생 쪽을 돌아보며 말했다.

「이거, 우리 회사 거잖아, 아냐? 방퇴유 채석장에서 가져온 거지?」

가생이 고개를 끄덕였다. 뒤크로가 꿈을 꾸듯 화약통을 쳐다보다가 말했다.

「예전에는 이걸 배에 갖고 다니다가 물고기가 많은 곳을 골라 터뜨렸지, 기억 나?」

그가 화약통을 벽난로 위에 다시 놓았다. 그는 앉고 싶지도, 그렇다고 서 있고 싶지도 않았다. 아마도 말을 하고 싶었을 테지만, 딱히 무슨 말을 해야 할지 몰랐다.

「이해하겠나, 가생?」 그가 노인에게서 1미터 정도 떨어진 곳에 버티고 서서 마침내 한숨 쉬듯 말했다.

가생은 생기 없는 작은 눈으로 그를 뚫어지게 쳐다봤다.

「아니, 자네는 이해 못 할 거야. 하지만 상관없어. 저들을 좀 봐!」

그가 검은 개미들처럼 커피를 내오는 아내와 딸을 가리켰다. 문은 열린 채였고, 가스버너의 불꽃이 쉭쉭거리는 소리가 들려왔다. 그 넓고 호화로운 집을 마치 그들 가족이 그들의 크기로 축소시켜 버린 것만 같았다.

「언제나 저랬어! 난 아주 오래전부터 저들 모두를 이 손목 힘으로 질질 끌고 다니고 있어. 기분 전환이 필요하면 사무실로 나가 얼간이들에게 욕을 퍼부어! 그리고……. 고맙구나, 설탕은 넣지 말고.」

그가 딸에게 면박을 주지 않고 말한 것은 그때가 처음이었다. 그녀가 놀란 표정으로 아버지를 쳐다보았다. 그녀의 눈은 퉁퉁 부어 있었고, 두 뺨은 붉은 반점으로 얼룩져 있었다.

「참 예쁘기도 하지! 어이, 가생, 여자들은 모두 언젠가는 저렇게 돼. 그게 진실이야! 가만히 있어. 가족끼리니까. 난 자네를 많이 좋아해. 언제가 됐든 한 번은 얘길 해야……」

뒤크로 부인이 뜨개질거리를 집고는 — 아마도 무의식적으로 — 구석에 앉아 긴 강철 바늘들을 놀리기 시작했다. 드샤름은 찻숟가락으로 커피를 젓고 있었다.

「평생 날 가장 괴롭힌 게 뭔지 알아? 그건 바로 자네 마누라하고 잔 거야! 멍청한 짓이었지. 내가 왜 그랬는지 나도 모르겠어. 그 후로 자네하고도 예전 같지 않았지. 난 창문가에 서서 배에 있는 자넬 봤네. 그녀와 아이도……. 사실대로 말하자면, 자네 마누라도 알린이 누구 아인지 확실히 말할 수 없었어. 내 아이일 수도 있고, 자네 아이일 수도 있고……」

베르트가 깊은 한숨을 내쉬었기 때문에 뒤크로가 그녀를 노려봤다. 그것은 그녀와는 상관없는 일이었다! 그는 딸이나 아내에게는 전혀 신경 쓰지 않았다!

「이해하겠나, 친구? 그럼, 뭐라고 말 좀 해봐.」

그가 감히 똑바로 쳐다보지 못하고 가생 주위를 맴돌았다. 그는 말을 할 때마다 길게 뜸을 들였다.

「사실 자네가 나보다 더 행복했어!」

서늘한 밤공기에도 그는 더운 듯 땀을 뻘뻘 흘렸다.

「화약통 돌려줄까? 자네가 원하는 게 그거야? 난 있잖아, 자네가 그거 터뜨리든 말든 상관없어. 하지만 누군가는 그 모자란 것과 함께 있어 줘야 되잖아⋯⋯.」

그의 눈길이 궐련을 피우고 있는 드샤름에게 가닿았다. 그가 한 인간이 품을 수 있는 모든 혐오감이 담긴 눈길로 그를 노려보며 물었다.

「어때, 재미있나?」

드샤름이 대답을 못 하고 우물쭈물하자 그가 말을 이었다.

「그냥 있어도 돼! 내게 자넨 저 커피포트처럼 있으나 마나 한 존재니까. 자네가 악당조차 될 수 없는 위인이라는 건 차치하고라도 말이야!」

그가 작심한 듯 의자 등받이를 집어 마침내 가생 맞은편에 놓고는 그와 무릎을 맞대고 앉았다.

「어때? 우리 모두가 거의 같은 처지에 있다는 생각 안 들어? 반장, 내가 베베르 일로 얼마나 살 것 같소?」

그는 마치 저녁 식사 후 뜨개바늘 부딪치는 소리가 규칙적으로 들려오는 가운데 가족끼리 다음 바캉스에 대해 얘기하듯 말했다.

「아마 2년 정도면 될 겁니다. 어쩌면 배심원들이 집행을 유예시켜 줄지도 모르고요.」

「난 집행 유예 따윈 필요 없어. 지칠 대로 지쳤으니까.

2년 정도 푹 쉬면 좋지 뭐. 그리고 그 후에는?」

　바로 그때 그의 아내가 고개를 들었지만 그를 쳐다보지는 않았다.

「그 후에는 말이야, 가생, 나 있지, 작은 예인선을 몰 거야. 에글 1호처럼 아주 작은 걸로……」

　갑자기 그의 목이 메어 왔다.

「제발 뭐라고 말 좀 해봐, 빌어먹을! 다른 건 조금도 중요하지 않다는 거, 아직도 이해 못 하겠어?」

「도대체 내가 뭐라고 말해 주길 바라는 거야?」

　가생 역시 무슨 말을 해야 할지 모르고 있었다. 그는 얼이 빠져 있었다. 대단원 없이 질질 끌기만 하는 드라마보다 더 난감한 건 없었다. 그래서 그는 다시 소심한 노인의 태도를 취했고, 감히 움직이지도 못한 채 주눅 든 방문객처럼 처량하게 앉아 있었다.

　뒤크로가 그의 어깨를 잡고 흔들어 댔다.

「그래! 우린 아마 아직 뭔가 할 수 있을 거야! 내일, 자넨 투아종 도르호를 타고 떠날 거야. 그리고 어느 날, 전혀 예상치 못한 순간에 한 예인선에서 누가 자네 이름을 외치는 소리를 듣게 되겠지. 그건 작업복 차림을 하고 있는 나일 거야! 다른 사람들은 전혀 이해하지 못하겠지. 그들은 내가 파산했다고 쑥덕거릴 거야. 그건 진실이 아냐! 진실은 내가 이 모든 걸 질질 끌고 다니느라 완전히 지쳐 버렸다는 거야……」

그가 어디 한번 해보라는 듯이 매그레를 노려보았다.

「반장, 난 아직 모든 걸 부인할 수도 있소. 아마도 당신
은 물적 증거를 찾아내지 못할 거요! 내가 하려던 건 이
런 거요. 내가 어떤 생각까지 했는지 당신이 안다면! 부
상을 당해 경찰을 달고 집으로 갔을 때, 난 그 기회를 이
용해 모두를 골탕 먹이기로 다짐했소.」

그는 자기도 모르게 딸과 사위 쪽을 잠시 돌아보았다.

「좋은 기회였지!」

그가 손으로 얼굴을 훔쳤다.

「가생!」 생각이 바뀐 듯 악의로 번뜩이는 눈을 하고 그
가 소리쳤다.

그리고 가생이 그를 올려다보자 말했다.

「이게 다야? 더는 날 원망하지 않는 거야? 있잖아, 자
네가 대가로 내 마누라를 원한다면……」

그는 엉엉 울고 싶었다. 하지만 그럴 수가 없었다. 틀
림없이 그는 친구를 안아 주고 싶었을 것이다. 그는 창
쪽으로 걸어가 창문을 닫고, 소시민처럼 꼼꼼하게 커튼
을 쳤다.

「다들 내 말 들어 봐. 벌써 11시야. 오늘은 모두 여기서
자고 내일 아침에 함께 출발하도록 하자……」

그것은 무엇보다 반장을 염두에 두고 하는 말이었다.

이어진 말도.

「아무 걱정 마시오. 달아날 생각은 눈곱만큼도 없으니까! 오히려 정반대지! 게다가 저기 형사까지 지키고 있잖소. 잔! 잠자리에 들기 전에 우리 그로그 한 잔씩 만들어 줘……」

그녀는 뜨개바늘을 놓고 하녀처럼 순종했다. 뒤크로가 직접 철책 문까지 나가 축축하게 젖은 어둠에 대고 소리쳤다.

「형사 양반! 당신 대장이 오랍니다……」

온몸이 축축하게 젖은 뤼카는 깜짝 놀란 표정이었다.

「우선 이리 와서 우리랑 한잔합시다.」

그리하여 그들 모두는 한밤중에 손에 김이 폴폴 나는 잔을 하나씩 들고 식탁에 둘러서 있었다. 뒤크로가 건배를 하자는 의미로 잔을 내밀었을 때, 가생은 아무 거부 반응 없이 잔을 부딪친 후 후루룩 소리를 내어 가며 마셨다.

「손님방 침대에 시트는 있어?」

「없을 거예요.」 베르트가 말했다.

「가서 준비해.」

잠시 후, 그가 매그레에게 털어놓았다.

「난 피곤해서 더는 못 하겠소. 그래도 한바탕 하고 나니 속이 후련하구려!」

여자들이 시트도 깔고 각자 입을 잠옷을 찾느라 이 방

200

저 방을 부산스럽게 오갔다. 화약통을 주머니에 넣고 있던 매그레가 뒤크로에게 말했다.

「당신 권총, 이리 주시오. 집 안에 다른 권총이 없다는 것도 맹세하고.」

「맹세하오.」

아닌 게 아니라 분위기가 더는 비극적이지 않았다. 오히려 장례를 치른 집안 분위기였다. 그리고 그곳을 지배하는 감정은 피로였다. 뒤크로가 다시 한 번 매그레에게 다가왔다. 집안 전체를 가리키며 이렇게 말하기 위해.

「봐요! 저들은 이런 날 밤에도 뭔가 비열한 짓을 해내잖소!」

그의 두 뺨은 평소보다 더 붉었다. 아마도 열이 있는 것 같았다. 그가 길을 안내하기 위해 앞장서서 층계를 올라갔다. 복도 양쪽에 가구가 딸린, 호텔방 같은 평범한 방들이 줄지어 있었다. 뒤크로가 첫 번째 방을 가리키며 말했다.

「저게 내 방이오. 믿든 안 믿든 당신 자유지만, 난 여태까지 아내 없이는 단 한 번도 편하게 숙면을 취한 적이 없소.」

그의 아내가 그 말을 들었다. 그녀는 장롱에서 매그레에게 줄 실내화를 찾고 있었다. 뒤크로가 그녀를 툭 치며 말했다.

「내 가엾은 마누라! 염려 마! 나중에 예인선에 당신 자리도 하나 마련해 줄 테니까.」

동이 트기 시작했을 때, 매그레는 밤새 방 안에 스며든 습기 때문에 옷을 다 입고 그 위에 모포까지 두른 채 창틀에 팔꿈치를 괴고 있었다. 뜰의 자갈들도 아직 축축하게 젖어 있었다. 더 이상 비는 내리지 않았지만, 코니스와 나무에서는 아직도 굵은 물방울들이 뚝뚝 떨어졌다.

센 강은 회색이었다. 예인선 한 척과 바지선 네 척이 수문 앞에서 대기하고 있었다. 아주 멀리, 강이 굽이치는 곳에 또 한 무리의 바지선들이 두 줄로 늘어선 짙은 숲을 가르며 올라오는 게 보였다.

수면이 허옇게 변해 갔다. 매그레는 모포를 벗고 옷매무새를 가다듬었다. 밤새 아무 일도 일어나지 않았다. 그는 아무 소리도 듣지 못했다. 그래도 다시 한 번 확인하기 위해 문을 열었다가 뤼카 형사를 발견했다. 뤼카가 복도에 서 있었다.

「잠시 들어오게.」

피로가 쌓여 안색이 창백해진 뤼카가 물병을 집어 물을 벌컥벌컥 들이켜고는 창문 앞에 서서 기지개를 켰다.

「아무 일 없었습니다! 아무도 움직이지 않았어요. 젊은 부부가 가장 늦게 잠이 들었습니다. 새벽 1시에도 무슨 할 얘기가 그리 많은지 계속 소곤거리더군요.」

그들은 따로 거주하는 운전기사가 자전거를 타고 도착하는 것을 보았다.

「뜨거운 커피 생각이 간절하네요.」 뤼카가 말했다.

「가서 타 마셔!」

마치 누가 그의 소원을 들기라도 한 것 같았다. 복도에서 스르르 미끄러지는 소리가 들리더니, 목욕 가운 차림에 마드라스 무명 숄을 머리에 쓴 뒤크로 부인이 소리 없이 걸어왔다.

「벌써 일어나셨어요?」 그녀가 놀라며 물었다. 「빨리 아침 식사 준비해 드릴게요.」

그녀는 지난밤의 드라마에 전혀 영향을 받지 않은 것처럼 보였다. 그녀는 변함없이 슬프고 부지런했다. 아마늘 그랬을 것이다.

「그래도 복도를 지키게.」

매그레는 잠이 깨게 찬물로 세수를 했다. 얼마 후 돌아서서는 그사이 배들이 수문을 통과했고 강의 색깔이 변한 것을 보았다. 하늘이 붉게 물들고 새소리가 들려왔다. 엔진이 부르릉거리는 소리가 났다. 운전기사가 차고에서 자동차를 꺼내고 있었다. 하지만 아직 날이 훤히 밝지는 않았다. 골수에 아직 밤의 한기가 남아 있었다. 태양은 아직 풍경에 자신의 생명을 주지 않았다.

「반장님, 저기……」

뒤크로가 자기 방에서 나와 매그레의 방으로 들어왔
다. 멜빵은 허리에 늘어져 있고, 머리카락은 사방으로
삐쳐 있었으며, 셔츠는 털로 뒤덮인 가슴께가 벌어져 있
었다.

「뭐 필요한 거 없소? 면도기 안 빌려 줘도 되겠소?」

그 역시 센 강을 바라보았다. 하지만 전날과는 다른 눈
으로. 그러고는 외쳤다.

「저런! 저것들이 모래 퍼 나르는 일을 벌써 시작했네.」

또다시 아래층에서 커피 가는 소리가 들려왔다.

「저기, 감옥에는 뭘 갖고 들어갈 수 있소?」

그것은 농담이 아니었다. 그는 아주 덤덤하게 말했다.

「괜찮으면 아침 식사를 하는 즉시 출발할 겁니다. 가생
을 배에 내려 줄 때 잘하면 알린을 볼 수 있을 거고……」

그는 정말이지 덩치가 어마어마했다. 아무렇게나 하고
있으니 마치 곰 같았다. 특히 다리에 돌돌 말린 바지 때
문에.

「또 한 가지 부탁해야겠소. 어제 내가 돈 문제에 관해
얘기했던 거, 물론 난 그렇게 할 수 있소. 내 딸과 사위가
지랄 발광을 하더라도. 하지만 지금 정황으로 볼 때……」

어제 일은 어제 일이었다! 떡이 되도록 취한 다음 날
처럼 입은 쓰고 머리는 싸늘했지만 아무튼 그는 깨어 있

204

었다.

「어쨌거나 당신의 경쟁자들은 손뼉을 치겠지요…….」 매그레가 말했다.

그것으로 충분했다. 뒤크로는 보스의 묵직한 눈빛을 되찾고 있었다.

「어떤 변호사를 권하겠소?」

예인선이 다음 수문에 배가 가고 있다는 것과 예인해 가는 배가 몇 척인지를 알리기 위해 고동을 불어 댔다. 뒤크로 부인이 어느새 올라와 있었다. 펠트 실내화를 신고 있어서 올라오는 소리가 들리지 않았던 것이다.

「커피 준비됐어요.」 그녀가 공손하게 말했다.

「내가 이 꼴로 내려가도 괜찮겠소? 오래된 습관이라……. 가생도 깨워야겠군…….」

바로 옆방이었다. 뒤크로가 문을 두드렸다.

「가생! 어이, 친구! 가생……!」

그는 이미 불안에 사로잡혀 있었다. 그의 손이 더듬거리며 문손잡이를 찾았다. 그가 문을 열고 한 걸음 내딛더니 매그레를 향해 돌아보았다.

방에는 아무도 없었다. 침대는 밤에 자리를 본 그대로였고, 뒤크로 부인이 준비한 잠옷은 양팔을 벌린 채 그대로 모포 위에 놓여 있었다.

「가생!」

창문이 열려 있지도 않았다. 매그레는 어떻게 된 거냐고 묻기라도 하듯 자기도 모르게 뤼카를 쳐다보았다. 그런데 뒤크로가 뭔가를 봤다. 커튼이 살짝 부풀어 있었다. 그가 차분하고 냉정하게 다가가 커튼을 젖혔다.

시커먼 몸 하나가 축 늘어진 채 벽에 매달려 있었다. 줄은 그리 튼튼하지 않았다. 건드리자마자 맥없이 끊어져 버렸으니까. 가생이 조각상처럼, 마치 깨지기라도 할 것처럼 그대로 쓰러져 바닥에 나뒹굴었다.

차갑게 식은 파이프 담배 냄새가 더러운 잔들과 재들이 굴러다니는 식당을 지배하고 있었다. 식탁보는 전날 밤의 흔적들로 어지러웠다. 자동차가 막 열어젖힌 창문 바로 맞은편에 대기하고 있었다.

뒤크로 부인에게는 가생의 죽음에 대해 말하지 않았다. 위층에서 오락가락하는 소리가 들리는 젊은 부부는 아직 내려올 준비가 되어 있지 않았다.

뒤크로는 팔꿈치를 식탁에 괸 채 아침을 먹고 있었다. 화가 난 사람처럼, 극심한 허기에 시달리는 사람처럼 꾸역꾸역 엄청난 양을 집어삼켰다. 그는 아무 말도 하지 않았다. 쉴 새 없이 놀려 대는 턱에서 부담스러운 소리가 났다. 카페오레를 마실 때는 더 시끄러웠다.

「내 윗도리 좀 갖다 줘. 부착식 옷깃과 넥타이도.」

「방에 올라가서 입지그래요?」

「시키는 대로 해.」

그는 앞만 바라보며 급히 먹었다. 마침내 아내가 내미는 윗도리를 입으려 일어섰을 때는 결국 사래가 들어 딸꾹질을 해댔다.

「가방을 싸놨어요.」

「나중에 볼게.」

「안 기다릴 거예요, 베르트하고……?」

그녀가 천장을 가리켰다. 하지만 그는 대답조차 하지 않았다.

「가생은?」

「뤼카 형사가 알아서 할 겁니다.」 매그레가 끼어들었다.

사실이었다. 뤼카는 이미 현지 경찰과 검찰에 전화를 해둔 참이었다.

뒤크로와 매그레는 뒤크로 부인이 얼떨떨해 할 정도로 다급하게 출발했다. 뒤크로가 그 자신도 의식하지 못한 채 아내의 이마에 입을 맞췄다.

「약속한 거죠, 에밀? 우리 다시 예인선 탈 거죠?」

「알았어! 그래야지!」

그는 서둘렀다. 뭔가 앞쪽에서 그를 끌어당기기라도 하는 것 같았다. 그가 자동차 안으로 무겁게 몸을 던졌고, 운전기사에게 지시를 내린 건 매그레였다!

「샤랑통으로 갑시다.」

그들은 돌아보지 않았다. 돌아본들 무슨 소용이 있겠는가? 퐁텐블로 숲을 수 킬로 정도 달렸을 때, 뒤크로가 매그레의 팔을 잡으며 말했다.

「솔직히 내가 왜 그 친구 마누라와 잤는지 아직도 모르겠소!」

그러고는 느닷없이 운전기사에게 말했다.

「좀 더 빨리 갈 수 없나?」

그의 턱수염이 자라 있었다. 씻지도 않아 얼굴이 더러웠다. 그는 놓고 온 파이프를 찾느라 부산을 떨었다. 그에게 싸구려 담뱃갑을 내민 건 운전기사였다.

「믿든 안 믿든 당신 자유지만, 내가 여태껏 살아오면서 어젯밤처럼 행복했던 적은 드물었소. 뭐라고 할까…… 설명하긴 힘들어요. 어젯밤 함께 누웠을 때 내 마누라가 어떻게 했는지 아시오? 눈물을 흘리면서, 나더러 좋은 사람이라고 말하면서 품에 안깁디다!」

그의 목소리가 먹먹해졌다. 마치 수많은 것들이 목구멍을 막고 있기라도 한 것처럼.

「제길, 속력 좀 더 내봐!」 그가 운전기사를 향해 몸을 숙이며 사정하다시피 했다.

코르베유, 쥐비시, 빌쥐프, 교외 별장에서 주말을 보낸 사람들이 월요일 아침에 파리로 돌아가고 있었다. 날씨는 전날만큼이나 화창했다. 간밤에 내린 비로 들판과 숲이 더 푸르러 보였다. 그들은 햇살 속에 붉은색 주유기 여덟 대가 줄지어 서 있는 주유소 앞에서 멈춰 섰다. 운전기사가 뒤크로에게 말했다.

「백 프랑권 한 장 있으세요?」

뒤크로가 그에게 지갑을 내밀었다. 마침내 파리, 오를레앙 대로, 센 강이었다. 셀레스탱 강둑에서는 직원들이 사무실 유리창을 닦고 있었다. 뒤크로가 몸을 숙여 차창으로 그 모습을 내다봤다. 그가 작은 주점 앞에 차를 세우게 했다.

「파이프와 담배 좀 사 와도 되겠소?」

주점에는 2프랑짜리 싸구려 자작나무 파이프밖에 없었다. 그가 천천히 담배를 채웠다. 강둑들이 줄지어 지나갔다. 그들은 베르시에 산처럼 쌓여 있는 술통들 앞을 지나쳤다.

「너무 빨리 달리지 마!」

제1호 수문과 화물을 싣지 않은 바지선 한 척이 물을 가득 채운 갑실에 떠 있는 게 보였다. 분쇄기는 벌써 작동하고 있었다. 부두에 정박한 여러 척의 바지선에 빨래가 널려 있었다. 주점 안에 있던 선원 모자를 쓴 사내들이 뒤크로를 알아보고 유리창으로 다가와 내다봤다.

「차라리 그냥 가는 편이……」 뒤크로가 웅얼거렸다.

하지만 곧 마음을 다잡은 그가 차에서 내려 돌층계를 내려갔다. 그가 바라보는 건 자신의 집도, 뭔가 하고 있는 하녀가 내다보이는 활짝 열린 창문도 아니었다. 그는 투아종 도르호의 좁다란 선교를 건너가기 시작했다. 다른 바지선 사람들이 그에게 인사를 했다.

그는 매그레와 동시에 승강구 아래쪽을 향해 몸을 숙였다. 그리고 동시에 장미꽃 무늬 식탁보로 덮인 식탁 근처에서 한쪽 젖가슴을 내놓고 아기에게 젖을 먹이고 있는 알린을 보았다. 그녀는 앞만 똑바로 쳐다보며 품에 안은 아기를 가만히 흔들었다. 간혹 그 게걸스러운 작은 입에서 젖꼭지가 빠지면, 무의식적인 동작으로 다시 물려 주었다.

선실 안은 더웠다. 난로가 오래전부터 켜져 있었다. 가생 노인의 무거운 윗도리가 옷걸이에 걸려 있었고, 왁스 칠을 한 구두가 그 아래 놓여 있었다.

매그레는 느리고 단호한 동작으로 뒤크로가 안으로 들어가는 것을 막았고, 그를 키 쪽으로 끌고 가서는 카페 종이에 쓰인 편지 한 장을 내밀었다.

······내가 잘 지내고 있다는 것을 알려 주기 위해 이 편지를 쓴다. 너도 잘 지내고 있길 바란다······.

뒤크로는 이해하지 못했다. 하지만 서서히 그의 뇌리에 여인숙, 오트마른의 마을, 그리고 그가 한때 사랑했던 가생의 누이가 떠올랐다.

「거기라면 아주 잘 지낼 거요.」 매그레가 말했다.

볕이 더 뜨거워졌다. 한 선원이 지나가며 소리쳤다.

「〈알바트로스〉호가 모에서 고장이 나 서 있답니다!」

뒤크로에게 하는 말이었다. 아무 대답도 듣지 못한 그는 아마도 크게 놀랐을 것이다.

「이제 갈까요?」

사람들이 사방에서 그들을 쳐다보았다. 어떤 이가 강둑 위에서 그들 쪽으로 다가오더니 인사를 하고 말했다.

「사장님, 하역할 석재에 관한 건데요.」

「나중에.」

「그게…….」

「나 좀 내버려 둬, 위베르!」

전차가 알록달록한 리본처럼 회색 포석 위에서 길게 늘어났다. 희고 미세한 먼지가 사물들 위로 내려앉아 분쇄기가 풍경 전체를 으깨는 것처럼 보였다.

자동차가 유턴을 했다. 뒤크로는 차 뒤쪽에 난 작은 유리창을 통해 아쉬운 듯 자신이 이룩한 왕국을 돌아보았다.

「정말 멋지군!」 그가 말했다.

「뭐가요?」

「아무것도 아니오.」

매그레가 진정 그 말을 이해하지 못했을까? 이번에는 그가 운전기사에게 서두르라고 말하고 싶었다. 흘러가는 매 순간이 아슬아슬하게만 느껴졌다. 뒤크로는 굵은 땀방울을 흘리고 있었다. 차가 전차를 추월하는 순간, 그의 손이 차 문의 손잡이를 움켜쥐었다.

아니었다! 그는 현명했다! 차가 퐁뇌프를 지날 때 운전기사가 돌아보며 물었다.

「담배 가게에 잠시 들를까요?」

타바 앙리 IV가 여전히 거기, 기마상 맞은편에 있었으니까.

「차를 세워요.」 매그레가 말했다. 「당신은 사무아로 돌아가서 기다려요…….」

차라리 걷는 편이 나았다. 기껏해야 백 미터 정도만 가면 되니까. 그것도 센 강을 따라. 뒤크로가 다리 난간 쪽에 있었다.

「지금 당장 시골집으로 내려갈 수도 있겠군요?」 뒤크로가 불쑥 말했다. 「이틀을 벌었구먼!」

「아직 모르겠소.」

「거기 경치는 좋소?」

「조용하긴 하죠.」

아직 20미터. 이제 길 하나만 건너면 법원의 시커먼 건물들, 오른쪽에 작은 쪽문이 나 있는 유치장 정문이었다.

뒤크로의 손이 두 번째로 반장의 팔을 움켜잡았다. 그는 도로를 건너면서 헐떡였다.

「난 그럴 수 없어!」

그는 분명 센 강, 전차, 목을 맬 줄, 그가 감옥에 가는 걸 막을 수 있는 모든 것에 대해 말하고 있었다.

인도에서 그가 돌아보았다. 공무원이 매그레를 알아보았다. 쪽문은 이미 열려 있었다.

「난 그럴 수 없어!」 명부에 성과 이름을 기입하기 위해 펜 하나가 보라색 잉크에 적셔지는 동안, 소리가 울려 퍼지는 포치 안으로 걸어 들어가며 뒤크로가 다시 한 번 소리쳤다.

하류로 내려가는 예인선이 고동을 두 번 울려 다리의 두 번째 아치를 지나가겠다고 알렸고, 하류에서 올라오던 벨기에 바지선은 세 번째 아치로 들어가기 위해 비스듬히 방향을 틀었다.

『제1호 수문』 연보

제목

L'Écluse no.1

집필일

1933년 4월

집필 장소

라 리샤르디에르, 마르실리(샤랑트마리팀)

초판 인쇄일

1933년 6월(1933년 5월 23일부터 6월 16일까지 일간지 「파리 수
아르」에 연재). 50부까지 번호를 매긴 고급 벨랭지(紙) 특별판 제작.

초판 발행 출판사

Arthème Fayard & Cie

초판 서지 정보

판형 12 × 18.5cm, 분량 252면

초판 표지 삽화

Bécan

작품 배경

샤랑통, 파리

참조 사항

『제1호 수문』이 출간되고 몇 달 후, 심농은 매그레 시리즈의 집필을 강권한 파야르 출판사를 떠나 창작의 자유를 보장한 갈리마르 출판사로 이적한다. 이후로 그는 보다 문학성 짙은 작품들을 써나가기 시작한다. 『제1호 수문』은 중년이 느끼는 삶의 피로에 대한 통찰력과 과감한 생략으로 독자로 하여금 주요 등장인물들의 내면을 유추하게 만드는 소설적 기법이 돋보이는 작품이다.

세계 주요 출간 현황

- 미국 초판: *The Lock at Charenton*(Harcourt, Brace & Co., 1941), *Maigret Sits it Out*(Lawrence S. Spivak, 1941)
- 영국 초판: *The Lock at Charenton*(George Routledge & Sons, 1941)
- 캐나다 초판(영어): *The Lock at Charenton*(Musson, 1941)
- 이탈리아 초판: *La chiusa n.1*(A. Mondadori. 1934)
- 독일 전집: *Maigret in Nöten*(Diogenes, 2008)

영화 및 TV 드라마 각색

- 「The Golden Fleece」(1961), 영국, BBC, TV 드라마, Rudolph Cartier 감독, Rupert Davies 주연
- 「La chiusa」(1968), 이탈리아, RAI, TV 드라마, Gino Cervi 주연
- 「L'Écluse no.1」(1970), 프랑스, TV1, TV 드라마, Claude Barma 감독, Jean Richard 주연
- 「Maigret et l'écluse no.1」(1994), 프랑스/벨기에 등, TV 드라마, Olivier Schatzky 감독, Bruno Cremer 주연

조르주 심농 연보

1903년 출생 2월 13일 조르주 조제프 크리스티앙 심농Georges Joseph Christian Simenon이 벨기에 리에주 레오폴드 가 26번지에서 보험 회사 직원인 데지레 심농과 앙리에트 브륄 사이의 첫째로 태어남.

1906년 3세 9월 21일, 조르주의 동생 크리스티앙 출생.

1908년 5세 기독교 학교인 앵스티튀 생앙드레 데 프레르에 입학.

1914년 11세 예수회 교도들이 운영하는 생루이 중학교에 입학.

1915년 12세 생세르베 중학교로 전학해, 별 두각을 드러내지 못한 채 3년 동안 다님.

1918년 15세 아버지가 중병으로 쓰러지자 학업을 그만두고, 서점 등에서 이런저런 잡일을 하며 생계를 꾸림.

1919년 16세 벨기에 일간지 「가제트 드 리에주Gazette de Liége」에 입사. 1922년 12월까지 그곳에서 여러 가명으로 약 1천 편의 기사를 씀. 첫 콩트 중 하나인 『미지근한 과일 졸임 그릇Le Compotier tiède』을 씀.

1920년 17세 〈라 카크〉라는 술집을 드나드는 무명 예술가 및 작가

217

들과 교제하기 시작.

1921년 <u>18세</u> 화가 레진 랑숑을 만남. 심농은 그녀에게 티지Tigy라는 별명을 붙여 주고, 단 12부만 인쇄한 소책자 『우스꽝스러운 사람들Les Ridicules』을 바침. 첫 소설 『아르슈 다리에서Au Pont des Arches』가 조르주 심이라는 이름으로 출간. 11월 28일 아버지 데지레 심농이 44세의 나이로 사망. 심농은 즉시 자원 입대해 군 복무를 하기로 결심함.

1922년 <u>19세</u> 12월 파리 북역에 도착.

1923년 <u>20세</u> 레진 랑숑과 결혼하고 트라시 후작의 비서로 일하기 시작함.

1924년 <u>21세</u> 다소 가벼운 잡지들에 콩트를 쓰기 시작. 이 소설들은 장 뒤 페리, 조르주마르탱 조르주, 곰 귀, 크리스티앙 브륄, 조르주 심 같은 20여 개의 가명으로 출간됨.

1925년 <u>22세</u> 가을이 끝날 무렵 조제핀 바케르를 만남. 그들의 열정적인 관계는 1927년 6월까지 지속됨.

1928년 <u>25세</u> 선박 유람에 관심을 가지기 시작해 〈지네트〉호를 타고 프랑스의 운하와 강들을 유람함. 물길 안내인, 선원, 수문지기, 마부들의 세계에서 많은 영감을 받게 됨.

1929년 <u>26세</u> 주간지 『데텍티브Détective』에 조르주 심이라는 가명으로 퀴즈 식의 짧은 이야기들을 실음. 〈오스트로고트〉호를 타고 유럽 북부 운하들을 둘러봄. 9월 네덜란드의 델프제일 항에서 배를 수리하는 동안 처음으로 〈매그레 반장〉이라는 인물을 구상.

1930년 <u>27세</u> 조르주 심이라는 가명으로 낸 『작품집L'Œuvre』에 매그레 반장을 주인공으로 내세운 이른바 대중적인 소설 「불안의 집 La Maison de l'inquiétude」을 실음. 여세를 몰아 쓴 『수상한 라트비아인Pietr-le-Letton』을 출판인 아르템 파야르에게 보내나 아르템은 시큰둥한 반응을 보임.

1931년 28세 성공을 확신한 심농은 다른 두 편의 매그레,『갈레 씨, 홀로 죽다*Monsieur Gallet, décédé*』와『생폴리앵에 지다』를 쓰고, 결국 아르템 파야르에서 출간됨. 2월 20일 이 두 편의 소설이 〈인체 측정 무도회〉란 이름의 출간 기념회에서 소개되어 예상과 달리 큰 성공을 거둠. 그리하여 이해에만 무려 열한 편의 매그레가 출간됨.

1932년 29세 새 매그레 여섯 편이 출간됨. 4월 심농의 소설을 원작으로 한 첫 장편 영화, 장 르누아르의「교차로의 밤*La Nuit du carrefour*」개봉. 몇 주 후에는 장 타리드의「누런 개*Le Chien jaune*」가, 그리고 1933년에는 아리 보르가 매그레 반장 역을 맡은 쥘리앵 뒤비비에의「타인의 목*La Tête d'un homme*」이 개봉.

1933년 30세 추리 소설 컬렉션에 넣지 않을 첫 번째 작품『운하의 집*La Maison du canal*』을 본명으로 출간. 그리고「파리수아르 Paris-Soir」주관으로 트로츠키와 대담을 나누는 등 여러 편의 르포를 주요 잡지에 게재. 10월 가스통 갈리마르와 출판 계약을 체결.

1934년 31세 소설과 르포를 번갈아 냄. 갈리마르는『세입자*Le Locataire*』를, 파야르는 수사 시리즈를 마친다는 의미로 간단하게『매그레*Maigret*』라는 제목을 붙인 열아홉 번째 매그레를 출간.

1935년 32세 세계 일주를 하며『흑인 구역*Quartier nègre*』과『일주 *Long cours*』(1936년 출간) 같은, 〈이국적〉소설들을 씀.

1938년 35세 『지나가는 기차를 바라본 남자*L'Homme qui regardait passer les trains*』,『라 수리 씨*Monsieur La Souris*』,『항구의 마리*La Marie du port*』등 주요 작품 여러 편이 갈리마르에서 출간.

1939년 36세 4월 19일 브뤼셀에서 티지가 첫 아들 마르크를 출산.

1940년 37세 샤랑트앙페리외르 지역 벨기에 피난민 고등 판무관으로 임명됨. 그를 진찰한 한 의사가 앞으로 2~3년밖에 살지 못할 거라는 진단을 내려, 겁을 집어먹은 그는 곧바로 첫 자전적 작품『나는 기억한다*Je me souviens……*』를 유언 삼아 쓰기 시작함.

1942년 39세 생메스맹르비외에 정착. 『쿠데르 씨의 미망인*La Veuve Couderc*』과, 제목 그대로 매그레 반장이 돌아왔음을 알리는 단편집 『매그레 반장, 돌아오다*Maigret revient*』를 갈리마르에서 출간.

1945년 42세 나치에 부역했다는 혐의로 〈거주지 지정〉을 강요당해 사블돌론에서 지내다가 파리에 몇 달 머문 다음, 염두에 뒀던 미국행을 준비. 10월 티지, 마르크와 함께 뉴욕에 도착. 11월 캐나다 여성 드니즈 위메를 만나 첫눈에 반함. 이 첫 만남은 이듬해 초에 출간된 『맨해튼의 방 세 개*Trois chambres à Manhattan*』에 생생하게 묘사됨. 이 책을 시작으로 이후 그의 모든 작품들은 프레스 드 라시테 출판사에서 출간됨.

1946년 43세 아내 티지, 정부 드니즈와 함께 자동차로 미국 횡단 시도. 11월 플로리다에 정착. 쥘리앵 뒤비비에가 『이르 씨의 약혼*Les Fiançailles de Monsieur Hire*』을 원작으로 영화 「패닉*Panique*」을 제작함.

1947년 44세 애리조나의 투손으로 이사. 그곳에서 『잃어버린 암말*La Jument perdue*』과 『눈은 더러웠다*La Neige était sale*』를 씀. 투마카코리에 잠시 머문 다음, 1949년 다시 투손으로 돌아감.

1948년 45세 앙드레 지드의 권고에 따라 『나는 기억한다……』의 분량을 늘려 소설화한 『혈통*Pedigree*』을 출간.

1949년 46세 제2차 세계 대전 동안 나치에 부역했다는 혐의를 벗음. 9월 29일 드니즈가 투손에서 둘째 아들 장, 일명 존을 출산.

1950년 47세 티지와 이혼하고 드니즈와 결혼. 코네티컷의 레이크빌에 5년간 정착. 이 시절 심농은 『에버튼의 시계 수리공*L'Horloger d'Everton*』, 『매그레 반장의 권총*Le Revolver de Maigret*』을 비롯한 스물여섯 편의 소설을 써낼 정도로 왕성한 창조력을 발휘함. 토마 나르세자크가 『괴짜 심농*Le Cas Simenon*』을 출간.

1951년 48세 앙리 드쿠앵이 연출하고 장 가뱅과 다니엘 다리외가 출연한 영화 「베베 동주에 관한 진실La Vérité sur Bébé Donge」 개봉.

1952년 49세 로얄 아카데미 회원으로 임명됨으로써 프랑스와 벨기에로 금의환향.

1953년 50세 레이크빌 인근에서 드니즈가 딸 마리조르주 심농, 일명 마리조를 출산.

1955년 52세 유럽으로 완전히 돌아와 가족과 함께 처음에는 무쟁, 나중에는 칸에 거주함.

1957년 54세 가족과 함께 스위스의 보 주(州)에 있는 에샹당 성에서 살기로 결정. 장 들라누아가 장 가뱅 주연의 「매그레 반장, 덫을 놓다Maigret tend un piège」를 제작. 그는 1959년, 역시 장 가뱅이 주연을 맡은 「매그레 반장과 생피아크르 사건Maigret et l'affaire Saint-Fiacre」도 제작함.

1959년 56세 로잔에서 드니즈가 막내 피에르를 출산. 프레스 드라 시테가 심농이 쓴 몇 안 되는 에세이 중 하나인 『프랑스 여성La Femme en France』을 출간함.

1960년 57세 제13회 칸 영화제 심사 위원장을 맡음. 의학 소설 『곰 인형L'Ours en peluche』 출간.

1962년 59세 드니즈의 하녀 테레자 스뷔를랭과 연인 관계를 맺기 시작. 그녀는 서서히 그의 동반자 자리를 차지하게 됨. 장 피에르 멜빌이 심농의 동명 작품을 영화화한 「페르쇼 가의 장남L'Aîné des Ferchaux」을 제작. 장 폴 벨몽도와 샤를 바넬이 주연을 맡음.

1963년 60세 에샹당을 떠나 로잔 근처의 에팔렝주에 정착. 『비세트르의 고리Les Anneaux de Bicêtre』를 출간.

1966년 63세 9월 3일, 네덜란드 델프제일 항에 매그레 반장 동상이 세워짐.

1967년 64세 심농 전집(72권)이 랑콩트르 출판사에서 출간되기 시작. 1971년 영화화되기도 한 작품『고양이*Le Chat*』출간.

1970년 67세 1929년에 재혼해 조제프 앙드레 부인이 된 어머니 앙리에트 심농이 90세의 나이로 리에주에서 사망. 두 번째 자전적 작품『내가 늙었을 때*Quand j'étais vieux*』출간.

1972년 69세 마지막 본격 소설『결백한 자들*Les Innocents*』과 마지막 매그레『매그레와 샤를 씨*Maigret et Monsieur Charles*』를 출간. 9월 18일 평소처럼 서류 봉투에 책 제목을 쓴 후 갑자기 이 책을 쓸수 없다는 것을 깨닫고, 즉시 소설 창작에 마침표를 찍기로 결심.

1973년 70세 더 이상 다른 사람 아닌 자기 자신의 입장에 서기로 결심하고, 녹음기를 장만해 자신에 대해 말하기 시작.

1974년 71세 에팔랭주를 떠나 로잔의 〈라 메종 로즈(장밋빛 집)〉로 이사.『어머니께 보내는 편지*Lettre à ma mère*』출간.

1975년 72세 스물한 편의 〈구술*Dictées*〉 가운데 첫 두 편, 『남다르지 않은 사내*Un homme comme un autre*』와 『발자국*Des traces de pas*』 출간.

1976년 73세 심농 재단을 설립한다는 조건으로 리에주 대학교에 자신이 소장한 문학 자료들을 기증.

1978년 75세 5월 19일 마리조가 권총으로 자살함.

1981년 78세 마지막 〈구술〉 네 편(『우리에게 남은 자유*Les Libertés qu'il nous reste*』, 『잠든 여인*La Femme endormie*』, 『낮과 밤*Jour et nuit*』, 『운명*Destinées*』), 그리고 그의 작품 중 가장 분량이 많은 『내밀한 회고록*Mémoires intimes*』을 출간.

1985년 82세 6월 24일 첫 아내 레진 랑숑 사망.

1989년 86세 9월 4일 월요일, 스위스 레만 호숫가, 로잔의 보 리바주 호텔에서 사망.

매그레 시리즈 18 제1호 수문

옮긴이 이상해는 한국외국어대학교와 동 대학원 불어과를 졸업하고 프랑스 스트라
스부르 대학, 릴 대학에서 박사 과정을 수료했다. 옮긴 책으로 베르코르의 『바다의
침묵』, 에드몽 로스탕의 『시라노』, 미셸 우엘벡의 『어느 섬의 가능성』, 샨 사의 『바둑
두는 여자』, 『여황 측천무후』, 파울로 코엘료의 『11분』, 『베로니카, 죽기로 결심하
다』, 크리스토프 바타유의 『지옥 만세』, 조르주 심농의 『라 프로비당스호의 마부』,
『교차로의 밤』, 『선원의 약속』, 『창가의 그림자』, 『베르주라크의 광인』 등이 있다.
『여황 측천무후』로 제2회 한국 출판 문화 대상 번역상을 수상했다.

지은이 조르주 심농 옮긴이 이상해 발행인 홍지웅
발행처 주식회사 열린책들 주소 경기도 파주시 교하읍 문발리 499-3 파주출판도시
대표전화 031-955-4000 팩스 031-955-4004 홈페이지 www.openbooks.co.kr
Copyright (C) 주식회사 열린책들, 2011, Printed in Korea.
ISBN 978-89-329-1518-0 03860 발행일 2011년 12월 20일 초판 1쇄

이 도서의 국립중앙도서관 출판시도서목록(CIP)은 e-CIP 홈페이지(http://www.nl.go.kr/ecip)와 국가자료
공동목록시스템 (http://www.nl.go.kr/kolisnet)에서 이용하실 수 있습니다.(CIP제어번호 : CIP2011005257)